suhrkamp taschenbuch 3834

Die Geschichte einer binationalen Familie mit zwei Kindern, Minni und Maxi. Der persische Vater ist Mathematiker und Poet, die deutsche Mutter Pianistin. Die Familie lebt in Teheran, fährt aber regelmäßig nach Deutschland zu Aroma, der Uroma. Minni, die Erzählerin, schildert ihre behütete Kindheit in einer heiteren Außenseiterfamilie. Nach dem Abitur gehen die Geschwister nach Deutschland. Maxi zieht es bald vor, in den USA zu studieren, während Minni ihrer Leidenschaft, dem Singen, leben will. Zuerst jedoch kostet sie die neue Freiheit begierig atemlos aus. Es dauert lange, bis die Munterkeit der Erzählerin ihr Geheimnis preisgibt: Sie verletzt sich, immer wieder, wie unter Zwang. Auch als sie sich in Luc verliebt, kann sie nicht davon lassen. Die erste Liebe zerbricht. Was dann geschieht, erschüttert ihre Welt.

Wie eine moderne Scheherezade flicht Minni eine Vielzahl von Geschichten, die uns nach Teheran und Frankfurt, Darmstadt und Damawand entführen, ineinander. Was sie, empfindlich unberührbar und »interkulturell« zerrissen, von ihrem Leben zu berichten hat, nimmt gefangen, es berührt.

Shirin Kumm, geboren in Teheran, lebt in Frankfurt am Main. 2003 erschien ihr Erstlingsroman *Royadesara – Eine Verwirrung*, über den die *Neue Zürcher Zeitung* schrieb: »Es ist in der Tat eine Geschichte um Traum und Sehnsucht, gestaltet nach einem raffinierten Schachtelprinzip; sich den Weg durch dieses Labyrinth der Gedankengänge und Gefühle zu bahnen, ist ein Vergnügen.« 2004 veröffentlichte Shirin Kumm ihre Übersetzung von Gedichten des persischen Filmregisseurs Abbas Kiarostami *In Begleitung des Windes* (bei Suhrkamp).

Shirin Kumm

Der Blick hinab

Roman

Suhrkamp

Umschlagabbildung: Trinette Reed/zefa/Corbis

suhrkamp taschenbuch 3834
Erste Auflage 2007

Druck: Druckhaus Nomos, Sinzheim
Printed in Germany
Umschlag: Göllner, Michels, Zegarzewski
ISBN 978-3-518-45834-1

1 2 3 4 5 6 – 12 11 10 09 08 07

Der Blick hinab

Meiner Mutter

Meine Leute

1 Immer ist es ein Einatmen, ein Ausatmen. Bis es aufhört damit. Wie stirbt man. Mit einem letzten Einatmen, letzten Ausatmen?

Ich höre mich atmen, ein, aus, öffne die Augen und blinzle. Der Tag prahlt vor dem Fenster und fordert mich heraus. Ich richte mich auf. Für Momente weiß ich nicht, wo ich bin. Ich blicke um mich. Große und kleine Spiegel stehen an den Wänden. Dazwischen Bilder, Lithographien, gerahmte Plakate. Nichts ist aufgehängt, alles an die Wände gelehnt. Ich steige aus dem Bett, bleibe vor einem Spiegel stehen und betrachte prüfend die Frau darin. Ihr Bild wiederholt sich. Von allen Seiten kann ich sie sehen. Ich drehe mich um, hauche auf einen der Spiegel. Mein Bild verwischt sich. Einatmen, ausatmen ...

Ich gehe durch die Wohnung. Dasselbe Prinzip überall. Die Wände sind unberührt. Zimmerhohe Bücherregale stehen auf stabilen Füßen. Bilder und Plakate, Neonröhre, alles angelehnt, nichts an der Wand befestigt. Er könnte auf der Stelle umziehen, bräuchte nicht zu renovieren. Kein Nagel in der Wand. Ich schalte die Neonröhre an, ein weißbläuliches Licht färbt das Tageslicht im Raum. Ich schalte sie wieder aus, wandere durch die Räume.

Der Glücksbambus von gestern abend steht einsam in einem Bierglas am Küchenfenster. Er kann kein Pflanzenfreund sein. Nichts Grünes ist in der geräumigen Atelierwohnung zu finden. Auch nicht auf der Terrasse mit Blick auf Stadt und Fluß. Nur eine blauweißgestreifte Markise, darunter zwei weiße Korbsessel und ein weißer Steintisch, sonst nichts. Wie heißt er überhaupt? Ich strenge mich an. Hat er nicht Achim gesagt, als er sich vorstellte? Was mache ich in Achims Wohnung?

Noch bin ich schläfrig, taumele wieder ins Schlafzimmer, lege mich ins Bett und mustere die Decke. Meine Gedanken fliegen zu Aromas Badezimmer. Ich kann sie nicht bändigen, setze mich, greife zum Telefon und wähle unwillkürlich Aromas Nummer. Ich warte geduldig. Als würde sie aufwachen können. Wie ein Wunder aus der Badewanne steigen und ans Telefon gehen.

Nichts, außer dem Freizeichen.

Ich schließe die Augen, vergrabe den Kopf in den Händen und versuche klarzusehen:

Aroma liegt kalt und erstarrt in der Badewanne. Sie atmet nicht. Ich habe ihr den Atem genommen. Ich habe sie kaltgemacht.

Was würde Maxi dazu sagen, jetzt in diesem Augenblick, wenn er es wüßte? Kriminelle seien Menschen, die etwas Böses getan hätten, sagte er einmal. Er weiß nicht, daß aus mir eine geworden ist, eine Kriminelle. Wo steckt er überhaupt, warum meldet er sich nicht mehr? Auf nichts ist Verlaß, nicht einmal auf die Geschwisterliebe.

Ich schaue auf die Uhr. Es ist kurz nach zehn. Ich will ihn noch nicht, den Tag.

Die Kommode neben dem Bett hat drei Schubladen. Ich ziehe die erste auf, und dann die zweite und die dritte. In jede sehe ich hinein. Ziellos, lustlos. Allein, um irgendwas zu tun. Um den Kopf zu retten, um bei Verstand zu bleiben. In der ersten Schublade liegt eine braune Schatulle aus Leder. Ich öffne sie. Es befinden sich Fotos darin. Ich schaue sie an. Lauter Urlaubsbilder von braungebrannten Menschen mit bunten Mützen und Tüchern am Meer und in den Bergen, darunter ein paar Fotos von irgendwelchen Feiern in Büros und anderswo. Nur ein einziges Familienbild liegt dazwischen. Ein altes Bild von einem jungen Paar mit einem Kind. Alle drei lächeln ein wenig künstlich. Eins dieser Fotos, die man beim Fotografen machen läßt. Die geben Anweisungen, wie der Kopf zu halten ist und wie die Schulter, wohin die Hände zu legen sind, wohin man zu schauen hat und wie zu lächeln. Ich erkenne sofort Achim in dem Kind, den Mann von gestern abend. Das Paar müssen seine Eltern sein, die Ähnlichkeit mit seiner Mutter ist unverkennbar. Auch meine Eltern zwangen Maxi und mich, alle paar Jahre vor der Kamera zu posieren. Vorher wurden die Haare frisiert, dann mußten wir uns adrett anziehen und in die Kamera cheese lächeln. Die Bilder wurden gerahmt und irgendwohin gestellt. Ich haßte es, fotografiert zu werden. Jede Sekunde kam mir wie eine Ewigkeit vor, in der ich gequält lächeln mußte. Meine Mundwinkel entspannten sich rasch, und der Fotograf protestierte: »Cheese bitte, kleines Fräulein.«

Einige Male war auch Aroma dabei. Auf ihrem Nachttisch steht eingerahmt eins dieser Fotos: Vater und Mutter hinten, Aroma vorn in der Mitte, Maxi und ich rechts und links von ihr. Good old times. Alle sehen wir glücklich aus. Alle blicken in die Kamera, nur ich habe den Kopf leicht zu Aroma gewandt. Ich glaube, das ist das einzige Bild, auf dem ich nicht gepeinigt aussehe.

Ich stelle die Schatulle an ihren Platz. Meine Gedanken fliegen wieder zu Aroma. Sie wischt täglich Staub – seit zwei Tagen nicht mehr, denke ich. Ihre Wohnung muß jetzt ein wenig staubig sein, und das Foto auf ihrem Nachttisch auch. Die glücklichen Gesichter darauf drängen sich vor meine Augen. Meine Leute, wie es bei Maxi hieß, ›unsere Sippe‹, wie Aroma zu sagen pflegte.

2 Vater war Mathematiker und Poet zugleich, eine nicht alltägliche Verbindung. Wenn er von Zahlen und Formeln sprach, zitterte seine Stimme vor Verzückung. Als Kind nahmen wir, Maxi und ich, seine Hilfe bei den Mathehausaufgaben nur widerwillig in Anspruch. »Hört ihr die Poesie der Zahlen nicht?« fragte er uns fortwährend. Wir hörten sie nicht, und er schaute uns vorwurfsvoll an. Vater sah aus wie Albert Einstein. Man sagte es ihm oft. Zu oft. Der Professorentitel wurde ihm allein deshalb verliehen. Nicht wirklich verliehen. Irgend jemand, an dessen Namen er sich nicht mehr erinnern konnte, hatte damit begonnen, ihn Professor zu nennen, und die anderen hatten sich angeschlossen. So war der Titel an ihm hängengeblieben. Viele hielten ihn für einen echten Professor. Er hätte es werden können, hätte er seine Dozentenstelle an der Teheraner Universität nicht aufgegeben. Er brauchte sich jedenfalls für den falschen Titel nicht zu genieren. An Wissen mangelte es ihm nicht. Die tatsächlich bestehende verblüffende Ähnlichkeit mit

Albert Einstein erlaubte es ihm allerdings, den Narren zu spielen. Vater machte, was er wollte, sagte, was er dachte – oder auch nicht dachte. Was ihm gerade auf die Zunge rutschte, sprach er aus. Niemand war ihm deswegen böse. Vater hatte das Glück zu gefallen, ohne daß er sich je dafür anstrengen mußte.

Die ganze Familie profitierte von Vaters Ruhm und Beliebtheit. Mutter wurde ebenfalls mit »Frau Professor« angesprochen. »Jawohl, Frau Professor, kommen Sie nur herein, Frau Professor, wie geht es Herrn Professor, Frau Professor«, hieß es, wenn sie einkaufte, Tee trinken ging, zum Friseur oder zum Schneider. Überall wurde sie vorgelassen. »Kommen Sie, Frau Professor, ... hier entlang ...«, und sie erhielt den besten Platz. Sie lachte dann unbekümmert und sagte mit ihrem deutschen Akzent, den sie absichtlich beibehielt: »*Motschakeram Agha*, *Hale Schoma Chetore*?« Danke Herr, wie geht es Ihnen? (Ich unterstelle ihr die Absicht, denn ich habe sie mehrmals erwischt, wenn sie sich mit ihren Landsleuten in Farsi unterhielt. Plötzlich hörte es sich an, als spräche eine Iranerin. Bei den Landsleuten konnte sie freilich auf diese Weise besser punkten.) Mutter erfreute sich eines behaglichen Lebens an der Seite eines reichen, skurrilen Mannes in einem Land, dessen Bewohner Ausländern außerordentlich freundlich begegnen.

Auch unseren kuriosen Namen, Maxima und Minima, verdanken wir Vater. Mutter erzählt, daß der Beamte auf dem Teheraner Standesamt zuerst den Namen Maxima nicht zulassen wollte.

»Was soll das für ein Name sein, Herr Professor? Sie können doch Ihren Sohn nicht im Ernst Maxima nennen.«

»Wissen Sie, was Maxima bedeutet, guter Mann?«

»Sagen Sie es mir, Herr Professor.«

»Also, Sie wissen, was Maximum heißt, nehme ich an.«

»Gewiß.«

»Gut, Maxima hat damit zu tun, genau genommen ist es der Plural davon, so einfach ist es.«

»Singular oder Plural, ein Iraner darf nicht Maxima heißen.«

»Schauen Sie, lieber Herr, als dieses Kind geboren wurde, ist mein Herz vor Glück stehengeblieben, ich glühte wie eine Lampe, Schweiß perlte auf meiner Stirn. Beinah hätte ich einen Herzinfarkt erlitten. Vor Glück. Können Sie sich das vorstellen?«

Der Beamte sei beeindruckt gewesen, erzählt Mutter.

»Also, dieses Kind soll Maxima heißen, es soll erfahren, daß sein Vater und zweifelsohne seine deutsche Mutter das Maximum an Gefühlen, das Gefühl aller Gefühle, bei seiner Geburt empfunden haben. Verstehen Sie es nun?«

Der Beamte hatte es verstanden und den Namen durchgehen lassen. »Wenn er wüßte, daß höchstens Frauen bei uns Maxima heißen«, sagt Mutter und lacht. Noch heute amüsiert sie sich, wenn sie die Geschichte zum tausendsten Mal erzählt.

Als ich geboren wurde, sei Vater zum Standesamt gegangen und habe kurz und knapp gesagt, das Mädchen solle Minima heißen. »Wir haben einen ›Maxima‹ zu Hause, nun muß eine ›Minima‹ her«, habe er lapidar zu dem Beamten, demselben wie damals, gesagt.

»Aber soll das Mädchen denken, daß es das Minimum an Gefühlen in Ihnen hervorgerufen hat, Herr Professor?«

Es sei ihm egal, was das Mädchen einmal denken würde. Zu einem »Maxima« gehöre unweigerlich eine »Minima«, habe er geantwortet. «Sollen die Regeln der Mathematik durcheinandergeraten? Das können Sie doch nicht verantworten, lieber Herr.«

Auch dies habe den Beamten beeindruckt, und er habe den Namen Minima zugelassen. Und so heißen wir Maxima und Minima. Man ruft uns Maxi und Minni. Nur Vater nennt uns mit vollem Namen. In der Schule verleihen uns unsere seltsamen Namen einen besonderen Status. Niemand sonst heißt wie wir. Wir wissen nur nicht so recht, ob wir unsere Namen mögen sollen. Insbesondere mein Name ist heikel. Minima. Was soll aus meinem Leben werden, werde ich immer das Minimum wollen, den Wenigkeiten verschrieben sein?

Einmal hörte ich, wie Mutter zu Vater sagte: «Mit Maxis Namen kann ich mich anfreunden. Aber daß du das Mädchen Minima genannt hast! Es will mir einfach nicht in den Kopf. Wie soll sie durchs Leben gehen? Hast du je daran gedacht, daß ihr Name ein Hindernis sein könnte?« Vater antwortete, daß ich froh sein solle, nicht Null zu heißen. Minimum sei immerhin mehr als Null. Mutter war endlich einmal ein wenig verärgert. Sie widersprach Vater nie. Nun wagte sie einen leisen Protest: »Ich hätte es nie und nimmer zugelassen; meine Tochter Null zu nennen, das könnte dir so passen«, sagte sie – und sie lachten gemeinsam.

Hätte Vater sich in den Kopf gesetzt, mich Null zu nennen, hätte Mutter es nicht verhindert; ich war mir sicher. Geknickt ging ich in mein Zimmer und schloß mich ein. Ich bedeute Vater nichts, er hat null Gefühle für mich, grübelte ich. Nur deshalb hat er mich Minima nennen können. Ich habe in Wahrheit null Gefühle in ihm geweckt, null positive Gefühle, vielleicht hat er mich gar gehaßt. Vater scherzte selten. Er sagte die Wahrheit, sein Leben mit Mutter und Maxi war vollkommen. Es gab keinen Raum für mich, ich habe mich einfach hineingedrängt. Blutig. Man mußte mich mit Kaiserschnitt holen. Mutter hatte viel Blut verloren und kämpfte mit dem Tod, während ich gesund und munter in der Wiege lag. Was sollte denn Vater für mich empfinden? »Das Mädchen soll froh sein, daß sie nicht Null heißt«, hat er gesagt. Recht hat er, dachte ich. Es ist in der Tat besser zu *sein*, wenig zu sein, als gar nicht zu sein. Minimum ist besser als Null, dachte ich und ritzte mir vorsichtig eine große Null in den linken Oberschenkel. Zögernd füllte sie sich mit Blut. Ein faszinierender Anblick. Lange schaute ich die blutende Null an, dann trocknete ich sie, betupfte sie mit jodgetränkter Watte und klebte Wundpflaster darauf. Auf einmal fühlte ich mich erleichtert, geradezu erheitert. Wenn Papa wüßte, daß ich, die beinah Null, Schmerz aushalten kann, dachte ich mit Stolz und lächelte.

3 Vater sei verrückt, er betrachte das Leben als Bühne und sich selbst als Schauspieler und spiele unbeirrt seine selbstbestimmten Rollen, sagte Maxi.

Im Grunde waren sie beide verrückt: Mutter und Vater gleichermaßen. Sie nach ihm, er an sich.

Mutter vergötterte Vater. »Reza sagt dies, Reza sagt das, Reza möchte dies, Reza möchte das«, nichts anderes kam aus ihrem Mund. Das Verrückte war, daß auch wir Vater liebten, das Verrückte war, daß jeder Vater liebte. Vater, Professor Doktor Reza Salem, mit seinen verwuschelten Haaren, mit seiner Nickelbrille auf der Nasenspitze, mit seinen buschigen Augenbrauen, mit seiner auffälligen Kleidung, in der er eher einem Papagei ähnelte und die dennoch mit großer Sorgfalt zusammengestellt war. Vaters Merkmale: seine roten Socken und seine Fliegen. Vater traute sich in so einem Land wie unserem mit roten Socken und bunten Fliegen herumzulaufen. Außer roten Socken hatte er keine im Schrank – Maxi schüttelte nur den Kopf. Fliegen besaß er in allen möglichen und unmöglichen Farben, stets aus Satin. Mutter nähte sie ihm selbst. Vater war stadtbekannt wie ein bunter Hund, und die Sittenwächter ließen ihn in Ruhe.

Mag sein, daß Vater verrückt war. Er gehörte allerdings zu der Verrücktengattung, die nicht unbedingt ins Irrenhaus gehört. Sie tut den anderen nichts. Er lebte in seiner Welt. Wir mußten uns damit abfinden. Wir hatten uns damit abgefunden. Alle hatten sich damit abgefunden. In Wahrheit hatten wir Respekt vor Vater, vor seinen Zahlen, seinen Gedichten, ja, vor seinen Verrücktheiten. Zuweilen waren sie aber nicht so harmlos.

An jenem Tag war ich mit Vater allein. Er entschied sich für eine Tagesreise nach Ghom. Wir sollten dem

Mausoleum der heiligen Massume einen Besuch abstatten und für die Welt beten, sagte er. Ich war außer mir vor Freude. Eine Reise allein mit Vater, um für die Welt zu beten, das hatte es noch nicht gegeben. Nicht einmal mit Maxi, seinem »höchsten Gefühl«, hatte er je etwas derartiges unternommen.

Wir nahmen den Bus nach Ghom. Ich saß am Fenster und beobachtete gierig alles, was sich ins kleine Quadrat des Busfensters einrahmen ließ. Die Landschaftsbilder wechselten die Farben, beige, braun, grün und, wenn wir an Salzseen vorbei fuhren, weiß. Vater beantwortete meine Fragen geduldig. Dann wurde ich ihm aber lästig, und er befahl mir, keine Fragen mehr zu stellen. Streng genug, um mich erkennen zu lassen, daß Schweigen angesagt war. Ich behielt meine endlosen Fragen für mich: Wo schlafen die Schafe, haben sie alle einen Namen, kann der kleine Schäferjunge sie auseinanderhalten, wann geht er in die Schule, der Schäferjunge, ob das Salz im See piekst? ... Ich schwieg und schaute stumm durchs Fenster hinaus. Langsam wurde es mir langweilig, also beobachtete ich die Menschen im Bus. Auch Vater. Er musterte gerade den beleibten Mann, der vor uns saß. Der hatte einen auffällig breiten Nacken, der schweißnaß war. Sein Kopf war kahl, sodaß der Nacken besonders fleischig und rot erschien. Hin und wieder trocknete er ihn mit einem rotweißkarierten Tuch ab. Kaum war die Haut trocken, tauchten neue Schweißperlen auf. Vaters Blick war an den Nacken des Mannes festgenagelt. Aber dann hob er auf einmal seine rechte Hand und schlug ihn heftig auf das rote, glitschige Nackenfleisch. Es machte ein lautes, nasses Geräusch. Ein paar Schweißtropfen flogen in die Luft. Ich hielt mir die Hand vor den Mund und blickte Vater ängstlich an. Der Mann drehte sich blitzartig um (nein, es dauerte einige Sekunden, bis seine massige Gestalt sich gedreht hatte).

»Was fällt Ihnen ein, Sie ... Sie ...«

Er konnte seinen Satz nicht zu Ende aussprechen, sein Blick blieb an Vaters roter Fliege hängen, und er verstummte. Die rote Fliege hatte ihn offenbar eingeschüchtert.

»Entschuldigen Sie vielmals, mein Herr, ich konnte der Versuchung einfach nicht widerstehen. Sie haben einen Nacken zum Schlagen«, sagte Vater ohne eine Spur von Ironie. Die Passagiere brachen in Gelächter aus. Der dicke Mann schaute zuerst verdutzt um sich, dann begann auch er zu lachen. So geriet das Lachen der Businsassen außer Kontrolle. Der Fahrer fuhr an den Straßenrand und hielt an, er war nicht im Stande, weiterzufahren. Minutenlang dauerte das spaßige Chaos im Bus. Ich schmiegte mich an Vater. In diesem Augenblick war ich sehr stolz, einen Vater zu haben, der alle zum Lachen bringen konnte, wenn es auch peinlich war, was er getan hatte.

Als wir am Ziel waren, steckte Vater dem Mann unauffällig ein paar Scheine in die Tasche. »Nichts für ungut, nichts für ungut«, sagte er dann. Der Mann küßte Vater unterwürfig die Hand. »Gott segne Sie und die kleine Dame, mein Herr«, sagte er mehrmals.

Ich faßte es nicht, wieso wünscht er Vater Gutes, er hat ihn doch grundlos geschlagen. Schon damals begriff ich, daß es Menschen auf der Welt gibt, die dazu da sind, zu schlagen, und andere, geschlagen zu werden. Ich schwor mir, ich würde niemals zu der zweiten Gruppe gehören.

Maxi sagte, es gibt auch welche, die weder schlagen noch sich schlagen lassen. Es klang logisch. Ich glaubte lange daran. Heute weiß ich, daß es die dritte Gruppe nicht gibt. Entweder schlägt man, oder man wird geschlagen. Allenfalls tauscht man von Zeit zu Zeit die Rollen.

4 Tagein, tagaus sperrte sich Vater stundenlang in seinem Zimmer ein und beschäftigte sich mit Zahlen und Wörtern, nur für sich. Es sei denn, er verließ das Haus für einen seiner ausgiebigen Spaziergänge. Maxi nannte sie Straßen-Verunsicherungen. Vater machte die Straßen zu Fuß unsicher. Er nahm keine Rücksicht auf hupende Autos, keine Notiz von verängstigten und verärgerten Fahrern. Er ging, überquerte, und die anderen mußten anhalten. Was sie auch taten. Vaters Erscheinung zwang die Menschen, zu tun und zu lassen, was er wollte, als strahlte er eine Kraft aus, die alle hypnotisierte.

Vater hatte die Gewohnheit, beim Gehen die Hände auf dem Rücken zu verschränken. Früher, wenn er Maxi und mich bei seinen Spaziergängen mitnahm, lief Maxi an seiner rechten und ich an seiner linken Seite. Nicht daß er es angeordnet hätte. Es ergab sich so, und Vater schien damit einverstanden. Sonst hätte er es anders bestimmt. Es waren nur Kleinigkeiten, die ihm wichtig waren. Das Leben bestünde aus Kleinigkeiten, sie machten die großen Dinge des Lebens aus, pflegte er zu sagen. Manchmal, wenn wir zusammen unterwegs waren, beobachtete er bedächtig die geschäftigen Hausfrauen mit ihren Einkaufskörben, nickte und deklamierte theatralisch: *Zendegi schayad yek khiabane derazast ke harrruz zani ba zanbili az an migozarad.* Das Leben ist vielleicht eine lange Straße, die eine Frau mit Korb täglich entlanggeht. Wenn Maxi dabei war, hielten wir uns die Hände vor den Mund und versteckten uns hinter ihm, damit er nicht merkte, wie wir uns vor Lachen krümmten.

Aufregend war es, wenn Vater sich zu einem Besuch im Tadjrisch-Bazar entschloß. Kaum waren wir dort, ertönte der vertraute Chor: »Guten Morgen, Herr Professor, guten Nachmittag, Herr Professor, guten Abend, Herr Professor«, je nach Uhrzeit. »Möchten sie ein Glas Tee, möchten Sie ein Glas *Scharbat*?« – selbstgemachte Limonade –, je nach Jahreszeit. Vater lächelte, lüftete seinen Hut und setzte ihn wieder auf und bediente sich seines Werkzeugs: seiner Zunge. »Ihre Ware sieht aber heute kläglich aus – Ihr Stand muß ordentlich geputzt werden – Schämen Sie sich nicht für diese horrenden Preisen?«, je nach Lage der Dinge. Hin und wieder nahm er eine Einladung an. Dann fühlte sich der Gastgeber sichtlich geehrt. Maxi und ich wurden wie Königskinder behandelt, man schenkte uns Süßigkeiten, Obst, Spielzeug, Bücher, Schreibwaren, je nach Sortiment.

Einmal waren wir drei wieder im Bazar gewesen. Ich war sechs Jahre alt. Vater wollte Herrn Emami, den Nußhändler, besuchen. Ich liebte Herrn Emamis Laden. Neben Nüssen verkaufte er auch Süßigkeiten. Es duftete nach gerösteten Mandeln, nach Rosenwasser, nach Zimt. Vor seinem Laden standen je links und rechts drei riesige braune Säcke voller Mandeln, Pistazien, Walnüsse, Rosinen, gerösteter Kürbiskerne und Wassermelonenkerne. Herr Emami war an diesem Tag nicht in seinem Laden, sein Lehrling grüßte Vater ergeben:

»*Salam Ghorban* – Guten Tag, gnädiger Herr.«

»Wo ist Herr Emami?« erkundigte sich Vater.

Herr Emamis Schwiegermutter sei gestorben, antwortete er.

»Dann gratulieren Sie ihm von mir«, sagte Vater mit ernster Miene.

Der Lehrling lachte verschämt. Währenddessen blickte ich schnell nach rechts und links, nahm eine Handvoll Pistazien und leerte sie in meine Tasche. Herr Emami hätte uns ohnehin welche angeboten. Ich dachte, es sei mein Recht, Pistazien mitzunehmen. Das Recht der Gewohnheit. Vater beobachtete mich aus den Augenwinkeln, sagte jedoch nichts. Er schob dem Lehrling einen Geldschein in die Tasche und verabschiedete sich. Vater machte kehrt. »Wieso so schnell?« fragte Maxi. »Es reicht für heute«, antwortete er. Ich knackte die Pistazien unbesorgt und warf sie alle auf einmal in den Mund, so liebte ich es, Pistazien zu essen, ein langanhaltendes Nußgefühl im Mund, samtig, warm, grün. Auf dem Weg nach Hause fragte mich Vater, was ich denn esse. »Nichts«, sagte ich, »ich tue nur so, als würde ich was essen.« »Hmmm«, antwortete er.

Zu Hause hörte ich ihn zu Mutter sagen: »Wer hätte das gedacht, das Engelsgesicht hat einen Hang zum Kriminellen«, und dann erzählte er ihr die Pistaziengeschichte und meine Lüge danach, ich täte nur so, als würde ich etwas essen.

Ich fragte Maxi, wer denn die Kriminellen seien. Es seien Leute, die eingesperrt würden in Gefängnissen, weil sie etwas Böses getan hätten. Ich konnte die ganze Nacht nicht schlafen. Warum muß ich eingesperrt werden für eine Handvoll Pistazien, die mir Herr Emami jedesmal sowieso anbot? Ich hasse es, eingesperrt zu werden. Diese Auszeiten, die Mutter uns als Strafe auferlegte, haßte ich wie die Pest. Ich saß oder stand bewegungslos in einer Ecke, je nachdem, wo und wie sie den Befehl ausgesprochen hatte, und schmiedete Rachepläne: Na, warte du nur ab, ich werde es dir zeigen, dachte ich mit meinen zwei oder drei oder vier Jahren. Mir war nicht klar, wie ich ihr was zeigen wollte. Ich hatte bereits begriffen, daß es im Leben um ein ständiges Nehmen und Geben geht, also mußte Mutter auch irgendwann einmal etwas von mir wollen. Dann würde ich ihrer Bitte nicht nachkommen, dachte ich trotzig.

In jener Nacht beschloß ich, niemals ein Gefängnis von innen sehen zu müssen. Ich durfte keine Kriminelle werden. Was mußte ich tun, um nicht kriminell zu werden? Verzicht auf Pistazien schien in dem Augenblick die einzige Lösung. Nie wieder Pistazien essen, nahm ich mir vor.

An das »Nie wieder« halte ich mich heute noch. Seit jenem Tag habe ich keine Pistazien mehr angerührt. Der samtig grüne Geschmack verstaubt in meinem Gedächtnis.

5 Unser Haus im Erholungsort Schemiran befand sich in einer Seitenstraße der bekannten Darbandstraße. Vater liebte den steilen schmalen Weg am Ende der Straße, der zum Darband führt. Auch Maxi und ich liebten diesen Weg mit den aufragenden Bäumen auf der einen und der engen Schlucht auf der anderen Seite, in der das Schmelzwasser aus den Bergen in den warmen Jahreszeiten tosend dahinströmt. Manchmal durften Maxi und ich Vater begleiten. Auf dem Weg hinauf besuchte er oft den kleinen Privatfriedhof Zahiredole. Viele Prominente sind dort begraben, darunter auch die Dichterin Forugh Farrochsad. Vater liebte sie. Er klingelte, die Hausmeister-Familie kannte ihn, also öffnete sie sofort das Tor. Als erstes ging Vater zu Forughs Grab, so nannte er sie, beim Vornamen. Als ob sie sich gekannt hätten, als wären sie ein Liebespaar gewesen. Vater hatte immer Blumen dabei. Mutter besorgte sie für ihn. Es waren Blumen der Saison aus unserem Garten. Dann kniete er sich hin, klopfte auf den Grabstein und flüsterte klagend: »Schade, schade, wärest du doch noch am Leben!« Maxi und ich kannten das Ritual. Wir blieben kurz bei ihm stehen. Bald darauf ließen wir ihn mit seiner Forugh allein und beschäftigten uns mit den Namen auf anderen Grabsteinen.

Einmal traute sich Frau Kiani, der wir hin und wieder auf dem Friedhof begegneten, Vater zu ermahnen:

»Herr Professor, warum nehmen Sie die Kinder zum Friedhof mit, es ist nicht gut für sie.« Und zu uns gewandt: »Ihr dürft die Namen auf den Gräbern nicht lesen, es verkürzt euer Leben.«

»Unsinn«, sagte Vater, »was erzählen Sie den Kindern da, Frau Kiani?«

»Ach, Herr Professor, das weiß doch jeder, von Mund zu Mund ist es uns von unseren Vorfahren überliefert worden. Wir müssen es auch an die Kinder weitergeben, nicht wahr?«

»Hätten sie lieber geschwiegen, unsere Vorfahren wie auch Sie, liebe Frau Kiani.«

Frau Kiani lachte und war überhaupt nicht beleidigt.

»Lieber Professor, wenn wir Sie nicht hätten«, erwiderte sie lachend und berührte auffällig ihre Stirn, so daß man ihren Ring sehen konnte.

Vater errötete. Maxi und ich lächelten uns an. Vater befahl: »Kommt jetzt, wir gehen!«, und wir gingen weiter.

Wir wußten, daß Frau Kiani unsterblich in Vater verliebt war.

Ein paar Jahre zuvor, als wir einmal zu viert unterwegs waren, um gemeinsam durch den Bazar zu schlendern, blieb eine stämmige Frau in mittleren Jahren vor uns stehen und schaute Vater aufdringlich an. »Sie sind doch Herr Salem, Reza Salem, nicht wahr?« schrie sie dann beinah, worauf ich ihr vorlaut entgegnete, daß mein Papa Professor Reza Salem heiße. Maxi schubste mich, Mutter rückte näher zum Vater. Die unbekannte Frau lachte hysterisch: »Ach was, so weit haben Sie es gebracht, Professor Salem, schau einer an. Kennen Sie mich etwa nicht, Herr Professor?« Sie zog das Wort Professor extra in die Länge, blickte Vater erwartungsvoll an und hielt die linke Hand demonstrativ vor ihr Gesicht. Dann fiel sie ihm unvermittelt um den Hals, trotz des öffentlichen Berührungsverbots.

Vater erblaßte. »Frau ... Frau Kiani, Sie sind doch Frau ... Ki. Ki Kiani«, stotterte er. »*Hale schoma chetore ... Khoob hastin*? Wie geht es Ihnen ..., geht es Ihnen gut?«

»So so, an meinen Namen erinnern Sie sich also doch«, triumphierte sie.

»Aber ja, *hale schoma chetore ... Khoob hastin*?« wiederholte Vater unzählige Male.

Mutter haßte es, dieses ständige *hale schoma chetore*, das Iraner zu Beginn eines Gesprächs immer wieder variieren und wiederholen. »Einmal antwortet man darauf, und das soll doch reichen. Oder soll man am Ende sagen, entschuldigen Sie bitte, es geht mir beschissen, lassen Sie mich bloß in Ruhe, oder was geht Sie an, wie es mir geht, oder Ihnen werde ich gerade nicht erzählen, wie es mir geht«, sagte sie. Aroma meinte, vielleicht ist es nur ein Mittel, um sich zu sammeln für ein ernsthafteres Gespräch. Die Iraner würden zu schnell zu tiefsinnig miteinander. Straßen-Tiefsinnigkeit gebe es in Deutschland nicht. Iraner seien neugieriger als die Deutschen, weshalb sie immer alles wissen wollten und sich überall einmischten. Man fühle sich deswegen auch sicherer mit ihnen. Bei Gefahr oder Not sind sie immer zur Stelle, sagte sie.

Sie wußte, wovon sie sprach, als einzig »richtig« Deutsche in der Familie, wir sind ja nur Halbdeutsche, Maxi und ich. Auch Mutter ist nur Halbdeutsche. Ihr Vater war Amerikaner, ein GI, der ihrer Mutter den Kopf verdrehte, oder war doch der Magen im Spiel bei der Nahrungsmittelknappheit damals? Was weiß ich. Ich habe es ohnehin satt, dauernd zwischen zwei Nationen Vergleiche zu ziehen, dauernd für die eine oder die andere Partei zu ergreifen. Manchmal wünsche ich mir, ich stammte aus einem anderen Land, Ägypten, Uganda oder Portugal, egal, hätte Eltern, die demselben Land angehörten und ein ganz normales Leben führten.

Vater sammelte sich und fragte Frau Kiani nach ihrem Leben und ob sie verheiratet sei, worauf sie erwiderte: »Aber nein, ich bin die ewige Verlobte geblieben. Wissen Sie, ich habe meine Verlobung nie aufgelöst, Herr Professor Salem, auch wenn der Verlobte sich aus dem Staub gemacht hat.« Sie legte ihre Hand auf die Stirn. Vater brach auf einmal in einen Hustenanfall aus.

Mutter wurde ungeduldig. »Wir müssen weiter«, sagte sie zu Frau Kiani und zog Vater am Ärmel. Es wurde nichts aus unserem Bazarbummel. Wir drehten um. Zu Hause bekam Vater Schüttelfrost.

Eine Woche lang kämpfte er mit hohem Fieber, erholte sich aber langsam, und eines Nachmittags erzählte er Mutter die Geschichte von Frau Kiani.

6 Frau Kiani war die Sekretärin in dem Maklerbüro, in dem Vater nach seinem Studium für einige Monate jobbte, kurz bevor er nach Deutschland abreiste. Der Makler, ein Bekannter der Familie, hatte Vater gebeten, die Buchhaltung seines Geschäfts auf den neuesten Stand zu bringen. Man bediene sich noch der einfachen Buchführung. Die doppelte Buchführung solle eingeführt werden, sagte er zu Vater. Er selbst, der Makler, sei meistens unterwegs.

Als Vater Frau Kiani zum ersten Mal sieht, hinterläßt sie einen netten Eindruck auf ihn. Ein gesundes, frisches Landmädel, denkt er. Sie war beauftragt, ihm die erforderlichen Unterlagen vorzulegen und sich die doppelte Buchführung von ihm beibringen zu lassen. Später sollte sie die Buchhaltung allein übernehmen. Ihr war eine Gehaltserhöhung versprochen worden, weshalb sie wißbegierig und mit besonderer Aufmerksamkeit alles in sich aufnahm. Ihr Auffassungsvermögen überraschte Vater, soviel Verstand hatte er dem Landmädel nicht zugetraut.

Als Vater zum zweiten Mal Landmädel sagte, lachte Mutter herzhaft. »Landmädel! Was ist denn das für ein Ausdruck, er paßt doch gar nicht zu dir.«

»Mach dir nichts vor, genaugenommen paßt alles zu mir«, erwiderte er.

Jedenfalls war sie keine Augenweide. Nicht für ihn. Er schwärmte für große schlanke Frauen, Grace Kelly und Audrey Hepburn waren seine Göttinnen. Frau Kiani beeindruckte ihn allein durch ihre Klugheit, nicht durch ihr Äußeres. Während sie beim Lernen vollkommen sachlich und konzentriert war, verwandelte sie sich jedoch nach dem Unterricht in eine völlig andere Frau. Die Verführerin. Vater war es peinlich.

»Ich war hilflos, wollte aber dem Makler nichts davon erzählen. Was hätte ich ihm auch sagen sollen? Verzeihung, Ihre Sekretärin macht mich an! Er würde mich auslachen, dachte ich und schwieg. Mein Schweigen ermutigte sie vermutlich in ihrem Tun. Sie arbeitete systematisch daran, mich zu erobern. Sie war fürsorglich und umwerbend. Zuerst wehrte ich mich zaghaft, aber dann ließ ich sie gewähren. Gelegentlich schenkte ich ihr sogar ein Lächeln, machte ihr ein Kompliment, was sie in schiere Glückseligkeit versetzte. Allmählich fand ich Gefallen an ihr, ich muß gestehen, sie übte einen gewissen Reiz auf mich aus, der mir bis dahin unbekannt war. Ihre Beharrlichkeit steigerte mein Selbstwertgefühl, ich wurde zugänglicher, genußfreudiger, wurde immer stärker beachtet. Hin und wieder bekam ich gar eindeutige Angebote. Ich war aber wie blind und taub.«

Zuweilen, fuhr Vater fort, war er nachts im Bett von einem heftigen Verlangen nach Frau Kiani ergriffen. Einer barbarischen Begierde, in ihr Fleisch einzutauchen. Beschämt versuchte er, mit Gedanken an Audrey Hepburn und Grace Kelly sein Verlangen nach ihr zu unterdrücken. Vergebens. Er wußte, in diesem Moment, wenn er die Wahl hätte zwischen Frau Kiani und den zwei besagten Schauspielerinnen, würde er sich für Frau Kiani entscheiden. Er, der Gedichte schrieb, der Goethes *Leiden des jungen Werthers* liebte, dachte nun an das Fleisch von Frau Kiani. Er zweifelte an sich. Vielleicht sollte er nicht mehr ins Maklerbüro gehen, dachte er. Dann tröstete er sich damit, daß er ein Kopfmensch war, auch wenn er phantasierte. Sein Verstand wußte, daß Audrey Hepburn und Grace Kelly niemals vor ihm stehen würden, die Wahrscheinlichkeit war geringer als Null. Während Frau Kiani vor ihm stünde, willig, auffordernd, wann immer er es wünschte.

»Der Gedanke, daß ein Kopfmensch seinen Verstand auch beim Phantasieren bewahrt, beruhigte mich«, erzählte Vater. »Einmal, als das Begehren meinen Kopf zu sprengen drohte, schrieb ich ein langes Gedicht für sie, ein obszönes Gedicht, wie ich es später empfand.

Ich zerriß es und sagte ihr niemals auch nur ein Wort darüber. Es wäre fatal gewesen, ihr ein solches Dokument in die Hände zu geben, sie hätte es lebenslang gegen mich – für ihre eigenen Interessen – verwenden können. Außerdem wurde mir bewußt, daß es der Gedanke an Frau Kiani war, der mich anregte, nicht Frau Kiani selbst. Ich durfte ihr auf keinen Fall Hoffnung machen. Gefälligkeiten ohne Verbindlichkeiten. Nur ein wenig auf sie eingehen, nur ein wenig Spannung erzeugen in ihrem und meinem faden Leben. Hoffen und Bangen, da kann am Ende keine wirkliche Enttäuschung entstehen, dachte ich.«

An einem heißen Sommertag, als der Chef wieder im Außendienst war, hätten sie, Frau Kiani und er, ein doppelsinniges Gespräch geführt. Es ging um einen Liebesfilm, *Splendid in the grass*, der gerade im Kino lief. Sie war vernarrt in diesen Film. So solle man lieben, sagte sie, alles aufgeben, in dem Geliebten aufgehen. Vater hätte zu gerne gewußt, was sie veranlaßte, ihn so zu vergöttern. War es nur, weil er einfach da war, vorhanden war? Hätte es nicht ein anderer sein können? Äußerlich paßten sie ohnehin nicht zusammen. Er, klein und zierlich, sie, groß und kräftig. Wen interessieren aber Größe und Gewicht, fragte er sich dann selbst, wenn Liebe im Spiel ist?

Tief versunken in solchen Gedanken, stand er vor dem geschlossenen Fenster. Die Sonne wütete inmitten des blaßblauen Himmels und wühlte ihn auf. Frau Kiani servierte ihm ein Glas Limonade mit Eiswürfeln, dann nahm sie ihren Fächer, öffnete ein paar Knöpfe ihrer Bluse, warf die langen Haare mit einer Handbewegung nach hinten und schob die Beine lasziv auseinander. Sie stöhnte, wie heiß es sei, und begann, den Fächer zwischen ihren Beinen hin- und herzubewegen. Ein säuerlicher Duft war im Raum. Vater atmete schwer, schüttete die kühle Limonade hastig hinunter und schaute auf den Schreibtisch. Nur kurz. Dann blickte er sie an. Ein Vollweib da, das mich begehrt, dachte er, wie oft hat man so eine Gelegenheit im Leben. Der Fächer machte ein verheißungsvolles Geräusch. Das Verlangen wie auch die heiße Luft und der gärige Geruch stiegen ihm allmählich zu Kopf. Inzwischen war er so verschwitzt, daß seine Haut durch das nasse Hemd zum Vorschein gekommen war.

Er schaute um sich, auf die Wanduhr, auf die geschlossene Tür, auf den braunen runden Holztisch in der Mitte des Zimmers. Ob er sich zwischen Frau Kianis Beine begeben sollte, war die Frage, die in seinem Schädel hämmerte. Frau Kiani konnte offenbar seine Gedanken lesen, denn sie schob ihre Beine noch weiter auseinander und schloß, den Mund halb geöffnet, die Augen. In letzter Sekunde, als Vater schon aufgestanden war, um sich auf sie zu stürzen, blitzte ihm der Gedanke durch den Kopf, daß Frau Kiani gerade dabei war, diesen Kampf zu gewinnen. Denn sie mobilisierte ihr gesamtes Waffenarsenal, um ihn zu besiegen. Jetzt war es an der Zeit, seine einzige Waffe dagegen zu halten: seinen Verstand. Dieser Gedanke war die Rettung. Die Vernunft, die durch Frau Kianis Geruch zu verschwinden drohte, meldete sich wieder und führte ihm die verhängnisvollen Folgen vor Augen. Während er mit sich rang, spielte er mit einem Stück Kordel, das auf seinem Schreibtisch lag. Die Kordel zwischen den Fingern rollend war ihm auf einmal die Idee gekommen, einen Knoten zu schlingen und einen Ring zu formen. Einen Ring für Frau Kiani.

Grinsend steht er auf, öffnet ebenfalls die Knöpfe seines verschwitzten Hemdes und geht zu ihr hinüber. Frau Kiani, die ihn durch halbgeschlossene Augen beobachtet, hält den Atem an. Er kniet sich vor sie und spricht leise: »Wissen Sie, Frau Kiani, ich denke, ich sollte Ihnen endlich das überreichen, was ich seit langem bei mir trage.« Dann öffnet er die Faust. »Verlobungsring«, sagt er und hält ihr lachend den Kordelring vor die Augen. Frau Kiani errötet, ihr Kinn beginnt zu zittern. Sie setzt sich wieder aufrecht, schließt die Beine, nimmt den Ring und zieht ihn langsam über ihren Finger. Während ihr die Tränen hinunterrollen, hält sie die Hand vor das Licht. »Von Ihnen, Herr Salem, erwartet man eben etwas Besonderes, nicht das Gewöhnliche. Das ist der schönste Verlobungsring, den ich je gesehen habe«, sagt sie schluchzend und rennt aus dem Zimmer.

Vater bereute seine Tat sogleich. Für ihn war es jedoch der einzige Ausweg aus der Falle, die Frau Kiani ihm gestellt hatte. Keineswegs wollte er sie verletzen – was er offenbar getan hatte. Den ganzen Abend grübelte er darüber, wie er es wiedergutmachen könnte. Frau Kiani belehrte ihn aber eines Besseren. Sie zog den Ring nie wieder ab. Sie tat so, als handelte es sich um einen ernsthaften Heiratsantrag. Vater erzählte, daß er sie ein paarmal beim Telefonieren mit ihren Freundinnen belauschte, wie sie ihnen von ihrer Verlobung berichtete: »Weißt du, Diamanten und Brillis und so 'n Zeug, das alles zählt nicht, nur die Liebe, dann ist man auch mit einem Kordelring glücklich«, worauf sie jedesmal Vater eindringlich anschaute und den Ring streichelte. Der Chef fragte ihn einmal, was es mit dem dämlichen Kordelring an Frau Kianis Finger auf sich habe. Ob er, Vater, etwas wisse.

Deshalb war er heilfroh, als die Sommerferien und die Einführung der doppelten Buchführung zu Ende gingen. Zügig packte er seine Sachen zusammen, während Frau Kiani ihn mit Wehmut beobachtete. Dann fragte sie ihn auf einmal, wie denn nun ihre Zukunft aussehe, seine und ihre. Was sie damit meine, fragte Vater. »Ja, die Hochzeit ... und so«, stotterte sie. Nur ein »Wie bitte« konnte Vater herausbringen. Niemals hätte er gedacht, daß sie in ihren Phantasien so weit gehen würde.

Da tritt der Chef zum Glück ein, klopft ihm auf die Schulter und sagt: »Kommen Sie, Salem, wir gehen zur Feier des Tages essen. Frau Kiani, Sie können heute früher nach Hause gehen, wenn Sie wollen.« Vater war erleichtert, mit dem Makler das Büro verlassen zu können. Zum Abschied drückte er steif Frau Kianis Hand und wünschte ihr alles Gute, ohne ihr in die Augen zu sehen. Vater erzählte, daß der Chef vermutlich etwas mitbekommen hatte und ihm auf diese Weise aus der schwierigen Lage heraushelfen wollte. Alle späteren Kontaktversuche Frau Kianis ließ Vater unbeantwortet. Bis er nach Deutschland abreiste und Frau Kiani völlig aus seinem Gedächtnis verbannte. Deshalb war er geradezu erschüttert, Frau Kiani nach so langer Zeit ausgerechnet auf der Darbandstraße zu begegnen, sagte er zum Schluß.

Hinter der Tür lauschend, spürte ich Mitleid mit Frau Kiani. Sie zog ihren schäbigen, vom Staub der Zeit dunkel gewordenen Kordelring nie ab, Symbol einer einseitigen Liebe. »*Che khosch bi mehrabani har do sar bi*« – Wie schön, wenn die Liebe beiderseitig ist, sagt der persische Dichter. Unschön für Frau Kiani, dachte ich. Mir soll sie nie passieren, die einseitige Liebe, schwor ich mir.

Daß Frau Kiani fast in der Nachbarschaft wohnte, war Vater ein Dorn im Auge. Maxi sagte, es sei die Strafe Gottes für Frau Kianis gebrochenes Herz. Vater solle ein Leben lang daran erinnert werden, daß ein Herz zu brechen keine Kunst sei. »*Del schekastan honar nemibaschad*«, zitierte Maxi den bekannten Gedichtvers.

7 Ich starre die unberührten weißen Wände an und denke an Maxi. Hat dieser Achim auch Angst vor einem Nagel in der Wand, etwa wie Maxi?

Während die Wände in meinem Zimmer mit Postern, trockenen Blumen, Postkarten, kleinen Papierfetzchen mit Gedichten und Aphorismen verkleidet waren, glänzten seine Wände in ihrem nackten Weiß. Alle unberührt. Maxi liebte Weiß. Es sei rein, es sei erhaben. Nichts darf seine Reinheit beschmutzen, keine Löcher, keine Bilder, keine Farben – vor allem Rot nicht, sagte er. Die Räume unseres Hauses waren bunt gestrichen – hellgrau, pastellblau, vanillegelb, pistaziengrün, sonnengelb, zartviolett. Als Maxi älter wurde, wollte er die Ockerfarbe seiner Wände nicht behalten. Er übermalte sie mit Weiß.

Dieser Achim scheint aus dem gleichen Holz geschnitzt zu sein. Wie war er überhaupt angezogen? Ich strenge mich an, kann mich nicht erinnern. Ist auch egal. Was geht mich an, welche Farbe sein Hemd hatte oder sein Anzug. Mein Leben ist aus den Fugen geraten, denke ich. Was spielt noch eine Rolle? Aromas Leben ist zu Ende gegangen. Ich habe es beendet. Alles Leben geht irgendwann mal zu Ende. Aber so jämmerlich wie das von Aroma? Ich zittere.

Ich gehe an den Bücherregalen entlang, meine rechte Hand gleitet über die Buchrücken. Bei einigen bleibe ich stehen, lese den Titel und den Namen des Autors. Viele französische Bücher stehen in den Regalen. Achim sieht gar nicht wie jemand aus, der Bücher in französischer Sprache liest. Wie soll jemand aussehen, der Bücher in französischer Sprache liest, frage ich mich. Dumme Frage. Niemand würde annehmen, ich könnte persische Bücher im Original lesen. Trotz meines dunklen Haars bin ich persischen Frauen nicht ähnlich. Das Aussehen verrät nicht, was dahinter steckt, denke ich. Wie sieht jemand aus, der einen umgebracht hat? Die haben doch keine Hörner, wie die Iraner sagen würden. Sie sehen wie du und ich aus, stehen neben dir beim Becker und Metzger, sitzen neben dir in Restaurants und Kinos und Konzerten, was weiß ich wo noch, du gibst ihnen die Hand, du hörst ihnen zu, vielleicht küßt du sie, womöglich schläfst du mit ihnen und ahnst nicht, daß sie gemordet haben. Würde man mich für eine Mörderin halten? Eine kalte Mörderin, die sich zwei Tage nach der Tat in einer fremden

Wohnung einnistet und überall herumschnüffelt. Wie sehen sie aus, die Mörder? Wie sehe ich aus?

8 Aroma sagte, ich sehe aus wie eine Außerirdische; das sagte sie, wenn sie böse war auf mich, sonst ähnelte ich für sie einem Engel. Kalter Engel, sagte Maxi. Ich sei wie ein kalter Engel mit scharlachrotem Mund. Aroma lachte. »Schau dir doch das Mädchen an, sie hat kein Blut, so blaß wie sie ausschaut, sie kann nur kalt sein, kann nichts dafür«, sagte sie.

Mir wurde von allen Seiten Blutarmut attestiert, bei einem Arzt war ich deswegen nicht. Ich war kerngesund, mir fehlte nichts. Einmal, ich war noch sehr klein, nahm ich Vaters Rasiermesser und schnitt mir in den Finger. Als das Blut heraussprang, empfand ich Glück. Der feuchte rote Beweis floß meinen Finger hinunter. Ich habe Blut, laß die Leute sagen, was sie wollen, dachte ich und lächelte zufrieden. Später verbrachte ich viel Zeit vorm Spiegel, prüfte, ob ich errötete, wenn mir warm wurde, wenn ich mich ärgerte, wenn ich mich genierte. Nichts davon. Meine Haut blieb bei jeder Stimmung schneeweiß.

Auf Vaters Schreibtisch fand ich einmal ein Gedicht, das mit diesen Zeilen begann:

Du schreitest am feuchten Ufer / Des uferlosen Meeres / Schritt für Schritt / Schwindet dein Glaube / An Liebe, Wärme, Zu Hause / Versink, du kalter Engel, versink / Denn tief im Herzen des Ozeans / Liegt dein Los begraben

Als Titel hatte er geschrieben: Für M.

Für M.? Wen meinte er damit? Minni, Maxi, Mana? Heimlich mochte ich denken, er hätte das Gedicht für mich geschrieben. Aber tief im Herzen des Ozeans, da sollte mein Los begraben liegen? Das gefiel mir weniger. Ich fragte Vater niemals, ob das Gedicht wirklich für mich war, er durfte auf keinen Fall erfahren, daß ich die Papiere auf seinem Schreibtisch durchsuchte. Da hätte es Ärger gegeben. Ich schwieg, aber ich merkte mir das Gedicht.

Manchmal, wenn ich am Meer bin, überkommt mich das Verlangen, mit den Wellen ins Meer zu ziehen, weit hinaus, wo nichts zu sehen ist außer Himmel und Wasser. Vielleicht liegt da unten auf dem blauen Meeresgrund mit all seinen bunten Bewohnern wirklich mein Los begraben. Jedenfalls besser als im Tiefschnee irgendwo auf einem hohen weißen Gipfel. Ich liebe Farben. Je kräftiger, desto besser. Grün, orange, violett, knallrot. Bunt ist das Leben, weiß der Tod, sage ich zu Maxi. Nichts zu machen. Er läßt sich nicht umstimmen, liebt das pure, das unberührte Weiß.

Einmal bei einer Kissenschlacht, ich war fünfzehn, Maxi siebzehn, flog der Hamburger aus dem Teller daneben mit und klatschte an die weiße Wand seines Zimmers. Er hinterließ einen größeren Ketchup-Fleck. Maxi sprang aus dem Bett, verpaßte mir eine heftige Ohrfeige, hastete dann in die Küche und kam mit Schwamm und Putzzeug zurück. Wie ein Wahnsinniger schrubbte er Zentimeter für Zentimeter den Fleck weg. Das Rot wurde immer blasser, bis es verschwand. Die Wand blieb aber befleckt. Ich stand auf. Maxi weinte. Nein, er heulte, er saß auf seinem Bett und heulte, seine Schultern bewegten sich in einem seltsamen Rhythmus. Ich stand hilflos da, war bestürzt. Was bringt einen siebzehnjährigen Jungen so zum Weinen. Doch nicht der Ketchup-Fleck auf der Wand. »Verschwinde!« rief er, und ich verschwand. Ich weinte nicht, obwohl die Ohrfeige noch schmerzte. Ich ging in mein Zimmer und setzte mich vor den Spiegel. Meine blasse Haut sah noch blasser aus, mein Mund wirkte auf einmal obszön rot, ich genierte mich dafür. Ich biß mit den Zähnen so stark darauf, daß er blutete. Ein kleiner Blutstrich lief aus meinen Mundwinkel. Erst als Narges, unsere Kinderfrau, ins Zimmer eilte und vor Schreck schrie, kam ich zu mir. »Hat Maxi dich geschlagen? Hat Maxi dich geschlagen?« wiederholte sie entsetzt. »Was ist denn passiert?« fragte sie. Ich konnte ihr nicht antworten, was passiert war, ich wußte selbst nicht, was genau passiert war. Nur daß Maxi mich nicht blutig geschlagen hatte.

Ein paar Tage lief ich mit einem Pflaster am Mund herum. Ich bildete mir ein, die Eltern sähen mich häufiger an. Auf sonderbare Weise war ich stolz auf das Pflaster im Gesicht.

Maxi strich die Wand neu und entschuldigte sich bei mir für die Ohrfeige. »Weißt du, das hat mich erschreckt, der rote Fleck auf der weißen Wand.«

»Wieso? Er war doch schön, der süße Ketchup-Fleck«, scherzte ich, »immer alles weiß ist nichts. Stell dir vor, mein Mund wäre auch weiß. Was glaubst du, wie ich aussehen würde?«

»Würdevoll wie die Toten«, antwortete er. »Die Toten haben keine Farbe mehr, sind rein weiß, das Blut bleibt stehen, friert in den Venen ein, eingefrorenes Blut leuchtet blau. Nur ein baßblaues Schimmern unter der Haut, sonst nichts ... wie Tante Mana«, sagte er geistesabwesend.

Ich schwieg. Tante Mana, wie sie dalag an jenem Tag, sah aus wie ein blauschimmernder Engel mit rotlackierten Fingernägeln.

9 Vaters kleine Schwester starb unerwartet in jungen Jahren. Niemand verstand warum, auch die Ärzte nicht. Herzstillstand, hieß es. Keine weitere Erklärung, weshalb das Herz eines jungen gesunden Menschen auf einmal stillsteht.

Tante Mana war ein Überraschungskind, erzählte uns Vater. Die Eltern waren schon alt, den Wunsch nach einem zweiten Kind hatten sie längst begraben, bereits auf das erste Kind hatten sie lange warten müssen. Vater war sechzehn, als seine Mutter schwanger wurde. Ihr war die Schwangerschaft peinlich, auch Großvater errötete, als er davon erfuhr. Jedoch dachten sie niemals an eine Abtreibung. »Gott gibt, wann und wo und was er will«, berichteten sie, verschämt zu Boden blickend, den Verwandten und Freunden von der Schwangerschaft. Vater erzählte, vor allem war er es, der sich schämte. Seine Freunde würden ihn aufziehen, befürchtete er – was sie auch taten. In dem Augenblick aber, in dem er das Kind erblickte, vergaß er alles. Er schloß das kleine Wesen sofort ins Herz. Es lag ein

Wunder in der Wiege, kein normales Kind mit dem Liebreiz, der allen Babys anhaftet. Es war ein Stern vom Himmel gefallen, ein Stück Mond. Alles drehte sich um dieses kleine Wesen. Die Großeltern wurden zu Heiligen erklärt. Wer mit so einem Kind beschenkt wird in diesem hohen Alter, kann nur heilig sein. Vater war auf einmal in den Schatten geraten. Nach siebzehn Jahren »Alleinherrschaft« in der Familie, denn auch er war ein von allen Seiten geliebtes und bewundertes Kind gewesen, war er aus dem Mittelpunkt zur Seite gerückt. Kein Grund, der kleinen Schwester nicht zu verfallen. Das Mondstück erleuchtete auch sein Leben. Vater erzählte, daß er sein erstes Gedicht für seine Schwester schrieb, gleich als sie vom Krankenhaus nach Hause gebracht wurde: Ein Stück Mond leuchtet in der Wiege/Ich rahme es ein mit meinem Namen/Trage es im Herzen/Bade in seinem Licht/Es wird verblassen/Ich trage es indessen/Auf Händen/bis es erlischt.

Man wußte nicht, erzählte Vater, welchen Namen man diesem Kind geben sollte. *Mahtab*, Mondlicht schlugen viele vor, es wäre aber ein geläufiger Name gewesen, viele Mädchen hießen *Mahtab*. So blätterte Vater in seinen Büchern, bis er auf Mana stieß, was in poetischem Persisch »gleichsam« bedeutet. Das Wort gefiel ihm auf Anhieb, gleichsam Mond, gleichsam Sonne, Engel, Perle, Blume, Schnee, was auch immer, der Betrachter sollte selbst entscheiden. Die Großeltern nahmen den Vorschlag sogleich an.

Die Geburt des wundersamen Kindes sprach sich schnell herum. Die Nachbarn eilten scharenweise herbei, um das schöne Geschöpf zu bewundern. Die meisten verglichen es mit dem Mond. »Frau Salem, beten Sie zu Gott, daß das Kind den bösen Blicken standhält«, rieten sie ihr. Die Großeltern lebten in einer fortwährenden Angst, der Verantwortung, die der liebe Gott ihnen auferlegt hatte, nicht gewachsen zu sein. War das Geschenk eine Gottesprüfung? Wie sollten sie sich verhalten, wie sollten sie dieses Kind erziehen? Normal, wie jedes andere Kind auch? Oder brauchte es eine besondere Erziehung. Wie sollte die dann sein? Wer würde ihnen dabei helfen? Wer hatte Erfahrung in so einem Fall? Fragen über Fragen. Keine ruhige Minute mehr. Das Stück Mond erleuchtete ihr Herzen, verdunkelte jedoch ihr Leben. Vater erzählte, jedes Mal, wenn Großvater Tante Mana anschaute, murmelte er *Laelahaellallah* – es gibt keinen Gott außer diesen –, ein Ausdruck des Erstaunens.

Bald darauf wird Großvater geisteskrank. »Es ist Satan in Gestalt des Mondes, der da in der Wiege liegt«, behauptet er. »Haltet euch fern von ihm, er hat nichts Gutes im Sinn«, warnt er alle. Eines Nachts erwischt ihn Großmutter mit einem Messer in der Hand am Bett von Tante Mana. Sie schreit um ihr Leben. Erschreckt durch den Hilfeschrei der Großmutter, vielleicht auch durch seine eigene Absicht, läßt Großvater das Messer fallen, legt die Hand aufs Herz und fällt zu Boden. Ein Herzinfarkt, an dessen Folge er Stunden später stirbt.

Vater mußte die Verantwortung für seine Mutter und die kleine Schwester übernehmen. Sie waren wohlhabend, so daß er nicht auf sein Studium zu verzichten brauchte. Es ging aber sehr schleppend voran. Immer wieder legte er längere Pausen ein. Nach

Jahren gelang es ihm, sein Mathematikstudium erfolgreich abzuschließen. Die Schwester war inzwischen zu einer unerhörten Schönheit herangewachsen. Ein Ruf haftete jedoch an ihr: Sie brächte Unglück. Wenn sie auf der Straße einherschritt, folgten ihr junge Männer. Sie beachtete niemanden, war kühl und abwesend. Die begierigen Blicke ignorierte sie. Wenn sie aber einen Blick auf einen der Verehrer warf, mit der Andeutung eines Lächelns, einer freundlichen Begrüßung, dann war es wie ein Todesurteil. Ein paar Tage später war derjenige tot: Autounfall, Ertrinken, Influenza ...

Nach dem fünften Todesfall fingen die Leute an zu reden, die Eltern der Verstorbenen und ihre Freunde versammelten sich vor dem Haus und beschimpften Mana als »böse Hexe«. »Verbrennt sie!« riefen sie aufgebracht. Vater benachrichtigte den Polizeichef, einen Freund der Familie, worauf er mit seinen Männern die Menschenmenge vertrieb.

Die Familie geriet in die Isolation. Man mochte sich nicht in Gefahr begeben, auch wenn es sich nur um einen dummen Aberglauben handelte.

Wir waren keine kleinen Kinder mehr, als Vater uns diese Geschichte erzählte. Er solle uns kein Märchen auftischen, protestierten wir. Er versicherte, es sei kein Märchen, nur die Wahrheit. »Das Leben ist der größte Märchenerzähler«, sagte er, »man braucht keine Märchen zu erfinden.«

Tante Mana wurde größer und mit jedem Jahr schöner. Grundsätzlich senkte man den Blick, wenn man vor ihr stand. Auch Vater sah ihr selten ins Gesicht, ein seltsames Licht umgab sie, als stünde wahrhaftig ein Stück Mond da. Das Licht war aber kalt, ein bläulich schimmerndes Licht.

Mana wuchs und gedieh, während Großmutter immer weniger wurde. Einmal gestand sie Vater, daß Tante Mana in einer heiligen Trauernacht gezeugt wurde, in der für Vergnügungen kein Raum war. Gott wollte sie, die Sündigen, bestimmt bestrafen, sagte sie. »Unsinn, Mutter, glaub nicht an so was«, versuchte Vater ihr den Aberwitz auszureden. »Doch, mein Sohn, seit dieses Kind auf die Welt gekommen ist, haben wir keine ruhige Minute mehr. Eine Gottesstrafe ist es«, antwortete sie. »Aber was soll ich machen, man kann ihr doch nicht böse sein, so ein schönes Geschöpf, mein Herz blutet, wenn ich sie anschaue«, schluchzte sie.

Vater erzählte, daß es ihm zu eng wurde in Teheran mit Mutter und Schwester. Die Mutter am Rande des Nervenzusammenbruchs, die Schwester zum Kopfverdrehen schön. Er wollte weit weg und die beiden Frauen ihrem Schicksal überlassen. Ihm waren auf einmal die sorgende Mutter und die feenhafte Schwester egal. Er war sich sein eigenes Leben schuldig geblieben. Sollen sie zugrunde gehen, wenn es sein muß, dachte er.

An einem Herbstnachmittag tranken sie Tee zusammen. Mana hatte zuvor ihr Haar gewaschen. Sie saß vor dem geöffneten Fenster, um es an der noch warmen Luft zu trocknen. Dabei fuhr sie mit ihren zierlichen Fingern immer wieder durch die langen seidigen Strähnen. Vater beobachtete sie heimlich. Was zu viel ist, ist zu viel, dachte er. Was hat sich der liebe Gott dabei gedacht, diesem Mädchen derlei unerträgliche

Schönheit zuzuteilen. Dann atmete er tief ein. »Ich muß euch etwas erzählen«, sagte er entschlossen.

»Daß du uns verlassen willst?« fragte Mana lächelnd. Vater schaute sie verdutzt an.

»He, es war doch klar, du kannst nicht immer und ewig bei uns bleiben«, sagte sie. Vater schluckte. War sie wirklich eine Hexe? Konnte sie Gedanken lesen? Woher wußte sie, daß er gerade in diesem Augenblick von seinem Reiseplan erzählen wollte. Richtig, er fahre nach Deutschland, eigentlich in zwei Wochen schon, sagte er fassungslos.

»Nach Deutschland, so weit weg?« fragte seine Mutter entsetzt.

Mana warf ihr einen scharfen Blick zu. »Laß ihn, Mutter, er muß hier raus. Ich bin doch da«, sagte sie.

»Aber Kind, wir zwei Frauen ...«

»Wir zwei Frauen brauchen keinen Mann, Mutter«, unterbrach sie, worauf die Mutter verstummte.

Vater erzählte, daß sein Herz wie versteinert war. Es mußte so sein, anders konnte er nicht fortgehen. »Wenn man ein Ziel vor Augen hat, muß man die Gefühle draußen vor lassen, merkt euch das!« sagte er zu uns.

Während der Deutschlandjahre drängte er Mutter und Schwester aus seiner Welt hinaus. Es gab zu viel Neues zu entdecken, zu viel Verpaßtes, was er nachholen wollte. Nur hin und wieder rief er an und erkundigte sich nach ihnen. Mana war stets freundlich, redete ihm zu, sein Leben zu genießen. Die Mutter dagegen jammerte, daß Mana ihn vertrieben hätte, aus der Heimat und aus dem elterlichen Haus. Bis zu ihrem Tod war sie davon überzeugt, daß ihre Tochter an allem schuld war, an dem Tod ihres Mannes und an der Vertreibung ihres Sohnes. Die Strafe Gottes für die Vergnügungen in einer heiligen Trauernacht.

Als Vater vom Tod seiner Mutter erfuhr, wußte er, daß er seine Zelte in Deutschland abbrechen mußte. Mana ganz allein zu lassen war nicht denkbar. Es war Zeit zu gehen. Vor diesem Augenblick hatte er sich immer gefürchtet. Zurückzukehren ins Ungewisse.

Vaters Stimme klang auf einmal traurig. Als durchlebte er alles noch einmal. Mutter streichelte ihm über den Handrücken.

»Inzwischen war ich mit Erika verheiratet«, fuhr Vater fort und legte seinen Arm um Mutters Schulter, »Maxi war gerade geboren. Ich schwelgte im Glück. Und jetzt das. Wie würde es Erika ergehen in einer völlig fremden Kultur? Merkwürdig, daß ich noch nicht mit ihr darüber gesprochen habe, dachte ich. Erika befand sich noch in Seattle bei meinem Cousin und seiner Frau. Genau zehn Tage davor war Maxi geboren. Ich war dabei und sah den kleinen Kerl das Licht der Welt erblicken«, sagte er mit glänzenden Augen. »Eine glatte Geburt«, fügte er hinzu. Maxi grinste mich an. Wir wußten genau, was gleich folgen wurde.

»Nicht zu vergleichen mit deiner«, sagte Mutter in meiner Richtung. Ich blickte ihr auf den Bauch. Wieso wollte ich da nicht heraus? fragte ich mich.

Mutter fuhr fort: »Ja, er rief an und sagte: ›Erika, Mutter ist tot, ich muß in die Heimat zurück, wohl für immer. Ich würde es verstehen, wenn du nicht mitkommen wolltest.‹ ›Nicht mitkommen?‹ fragte ich erschrocken. ›Hast du vergessen? In guten und in schlechten Zeiten. Wo du auch immer hingehst, begleite ich dich. Tut mir leid, mein Lieber‹, sagte ich, ›bis der Tod uns scheidet, anders wirst du mich nicht los.‹« Sie lachte. Vater kraulte ihren Nacken, und sie lächelten sich zärtlich an. Maxi und ich rückten ein wenig näher zusammen.

Als Maxi sechs Monate alt wurde, übersiedelte Mutter mit ihm nach Teheran. »Den Augenblick vergesse ich nie. Als wir eintrafen, es war in der Morgenfrühe, empfing uns Mana gleich am Gartentor. Sie schaute Maxi kurz an und nahm ihn auf den Arm. In diesem Moment machte Maxi die Augen auf, bis dahin hatte er geschlafen. Mana preßte ihn an die Brust. ›Dieses Kind ist die Liebe meines Lebens‹, sagte sie mit feuchten Augen. Mir wurde mulmig. Würde sie nicht auch Maxi den Tod bringen? dachte ich ängstlich. Aber dann schämte ich mich gleich für meinen Gedanken. Mana lächelte mich an und flüsterte mir ins Ohr: ›Diesem Kind schenke ich Leben.‹ Ich war zwar erschrokken, daß Mana meine Gedanken wieder einmal lesen konnte, gleichzeitig aber erleichtert, daß Maxi nichts passieren würde«, erzählte er.

Tante Mana war inzwischen zu einer selbstbewußten jungen Frau herangewachsen. Das Licht um sie leuchtete noch. Eine gewisse Empörung zeichnete zudem ihr Gesicht, als wollte sie aufbegehren: »Ich zeige es euch allen, mit mir nicht!« Mutter und Tante Mana fanden gleich Gefallen aneinander. Mutter kannte Tante Manas Legende, die sie für völlig absurd hielt. Sie erfreute sich Tante Manas Gesellschaft. Sie sei erfrischend ehrlich, sagte sie. Die grenzenlose Liebe Tante Manas zu Maxi konnte sie nur begrüßen. Sie erlaubte ihr, sich gänzlich Vater und dem Kennenlernen seines Landes zu widmen.

Ich erinnere mich nicht, die unbeschreibliche Schönheit Tante Manas je wahrgenommen zu haben. Auch Maxi redete nie darüber. Solche Beurteilungen sind vermutlich kleinen Kindern fremd. Mich verband etwas anderes mit Tante Mana: ihr Duft. Ich mochte Tante Mana riechen. Der wohlige Geruch ihrer Haut zog mich an. In ihrem Schoß atmete ich ihren Duft und beruhigte mich. Wir waren kleine Kinder, Maxi und ich. Dennoch spürte ich, daß ihre Liebe allein Maxi galt. Für mich gab es eine herzliche Zuneigung. Mir war es genug, ich war zufrieden damit.

In der Nacht, als Tante Mana starb, schlief Maxi bei ihr in ihrem Bett, in ihren Armen, wie in den anderen Nächten auch. Am nächsten Morgen, als er aufstehen wollte, konnte er sich nicht aus ihrer Umarmung befreien. Maxi schrie um sein Leben. Mutter, Vater und ich eilten in Tante Manas Schlafzimmer und fanden ihn in ihren leblosen Armen gefangen. Sie lag da und hielt Maxi fest. Ihre rotlackierten Fingernägel sahen an ihren steifen Fingern unheimlich aus.

»Herzstillstand«, sagte der Arzt. Warum Tante Manas Herz auf einmal stillstand, verstand niemand. »Es blieben doch so viele Herzen stehen, immer wenn sie die Straße hinunterging«, wehklagte Vater.

Maxi sprach nicht und aß nicht. Drei Tage lang. Einmal hörte ich Mutter zu Vater sagen, es war zwei Jahre nach Tante Manas Tod: »An jenem Tag ist irgend etwas in dem Jungen zerbrochen.«

Ich weiß nicht, was in Maxi zerbrach. Er sprach nie wieder über Tante Mana. Immer, wenn das Gespräch auf sie kam, verließ er den Raum oder wechselte abrupt das Thema.

Was war zerbrochen in Maxi? Ob es auch in mir etwas Zerbrochenes gibt? Hört man das Zerbrechen, fühlt man die Scherben in sich?

10

Rastlos hole ich Achims Familienfoto wieder aus der Schatulle heraus und schaue es mir genau an. Achims Ähnlichkeit mit seiner Mutter ist verblüffend. Auch Maxi ist Mutter wie aus dem Gesicht geschnitten. Ich dagegen habe nichts von ihr, vom Vater auch nicht. Ich sehe unwirklich aus. Ich sehe Tante Mana ähnlich, ohne auch nur annähernd ihre unsagbare Schönheit zu besitzen. Mir fehlt das gewisse Etwas, die Anmut, das Licht ums Gesicht. Die Männer fallen nicht tot um, wenn sie mich ansehen. Was hätte ich auch davon? Tote Männer sind keine guten Männer – nicht für das Leben und nicht für die Liebe. Arme Tante Mana, ihr blieb die Liebe versagt. Der Tod dagegen beeilte sich und nahm sie mit. Manchmal überkommt mich die Angst, daß ich, wie sie, jung sterbe. Es würde mir nicht gefallen, jung zu sterben. Es würde mir überhaupt nicht gefallen zu sterben, obwohl ich nicht weiß, warum man letztlich lebt. Maxi sagt, das sei die blödeste Frage, die man sich stellen könne, und schluckt gleich zwei Ambien. Ich sage, ich will leben, aber ohne Chemie, und dann schlucke ich auch zwei Ambien und freue mich innerlich, daß es sie gibt, diese Chemie, die mich gut schlafen läßt. Vor dem Tod habe ich Angst. Wo wird man sein, was wird man sein, wird es überhaupt ein Wo, ein Sein geben?

Vater hatte seine eigene Meinung dazu. Die Wahrscheinlichkeit, daß es ein Leben nach dem Tod gibt, beträgt fünfzig Prozent. Also, besser daran zu glauben als nicht. Wenn es stimmen sollte, habe man es ja schon immer gewußt, wenn nicht, dann hat man nichts verloren. »Was macht es schon. Mit fünfzig Prozent auf der Gewinnerseite zu sein ist besser als mit fünfzig Prozent auf der Verlierseite«, sagte er. Sein Argument leuchtet mir ein. Vielleicht, weil ich daran glauben will. Der Tod darf nicht das endgültige Ende sein.

Ich versuche mir vorzustellen, was für Menschen Achims Eltern sind. Sein Vater sieht vertrauenswürdig dominant aus, einer, dem man gern das Ruder in die Hand gibt. Seine Mutter ist nicht leicht zu durchschauen, ihr Lächeln kann ich nicht einordnen, möglicherweise eine dieser Frauen, die geschickt ihre Männer lenken, sich aber wie die Gelenkten verhalten. Was weiß ich. Ob sie am Leben sind? Vielleicht atmen sie nur noch. Ein und aus.

Ich lege das Foto weg. Wenn ich irgendwo in einer Schublade ein Bild von meiner Familie hätte, das Bild der Bilder, das einzige Bild, denke ich, dann müßten neben den Eltern, Maxi und Aroma auch Narges und Jakob darauf sein. Unbedingt.

11 Im Grunde waren Maxi und ich die Kinder von Narges, Jakob und Aroma. Wir waren behütet, Vater ernährte uns, Mutter versorgte uns. Für alles andere waren die anderen zuständig. Mutter und Vater erzogen uns mit elterlicher Strenge. Die Liebe kam zu kurz dabei. Mutter war viel zu sehr in Vater und in ihrer Musik aufgegangen, um ihre Mutterrolle wahrnehmen zu können. Für sie war Vater die Achse, um die sich alles zu drehen hatte. An zweiter Stelle kam ihre Musik. Erst danach gab es Platz für Maxi, das gewünschte Kind. Ich kam an letzter Stelle. Nicht daß sie besonders streng zu mir gewesen wäre oder gar gemein. Es war nur diese kränkende Gleichgültigkeit in allem, was mich betraf, als ginge ich sie nichts an. Es gab keines von diesen Mutter-Tochter-Gesprächen zwischen uns. Vater beschäftigte sich hin und wieder mit uns, hörte uns zu, erzählte uns Geschichten. Aber auch zu ihm war körperliche Nähe selten. Streicheleinheiten hatten die Eltern nur füreinander übrig, wir Kinder gingen beinah leer aus.

Narges war für den Haushalt zuständig. Nach Tante Manas Tod kümmerte sie sich immer mehr um Maxi und mich. Wir liebten sie. Mit ihr gab es die ersehnte Wärme. Narges stammte aus dem kleinen Dorf Afdjeh, das für seine schmalen, zierlichen Gurken bekannt ist. Sie arbeitete auf einem Gurkenfeld. Als ihr Bruder in eine Nervenklinik in Teheran eingeliefert wird, begleitet sie ihn und sucht sich dann eine Arbeit, als Haushälterin. Sie spricht Leute auf der Straße an, ob sie nicht eine Hausangestellte brauchten – damals vertraute man einander noch. Vater geht darauf ein und nimmt sie mit zur Großmutter. Nach dem Tode meines Großvaters suchte er ohnehin eine zusätzliche Arbeitskraft für seine Mutter. »Narges konnte nichts, keine Ahnung von gar nix. Der Koch mußte ihr alles beibringen«, erzählte Vater. Es sei allein ihre unschuldige Erscheinung gewesen, weshalb sich seine Mutter und er am Ende für sie entschieden hätten. (Von dieser Zeit weiß ich nicht. Ich weiß nur, daß Maxi und ich in Narges' Kochkunst vernarrt waren. Nur wenn sie kochte, genossen wir das Essen. Nirgends schmeckte es so gut. Sie war eine gute Schülerin gewesen oder der Koch ein guter Lehrer.)

Narges trug Kleider über langen Hosen. Ihre hennagefärbten Haare bedeckte sie immer mit einem weißen Kopftuch, das sie unter ihrem Kinn mit einer Nadel festhielt. Maxi und ich liebten es, wenn sie deutsche Worte aussprach, völlig falsch. Sie verdrehte die Buchstaben, *Gysmantik* für Gymnastik, *Bort* für Brot, oder sie ließ die Buchstaben einfach weg, *Gutetag* für Guten Tag, *Gutenach* für Gute Nacht ... Null konnte sie aber gut aussprechen. »Null Ahnung«, was wir einander zuwarfen, und sie wußte, was es bedeutete, das konnte sie sonderbarerweise gut. »*Baba kodjast, Nargesdjan?* – Wo ist Papa, liebe Narges?« »Null Ahnung«, sagte sie achselzuckend. Es klang urkomisch aus ihrem Mund, dieses »Null Ahnung«. Jedesmal lachten wir schallend. »Was gibt's?« fragte sie irritiert auf deutsch. »Nichts, nichts«, sagten wir und unterdrückten unser Lachen. »Was gibt's« konnte sie ebenfalls gut aussprechen.

Bei Narges weinte ich mich aus, wenn ich Kummer hatte. Sie trocknete meine Tränen, »*Golidjan*, weine nicht«, sagte sie, »alles wird gut.« *Goli*, einer Blume ähnelnd, so nannte sie mich. Sie streichelte mich und flüsterte mir ins Ohr, daß ich einer weißen Lilie ähnle. *Khanohm* sei zwar fast draufgegangen bei meiner Geburt, dafür habe sie aber eine weiße Lilie zur Welt gebracht, sagte sie. Was für einen unpassenden Namen habe *Agha* für mich gewählt, was ist das für ein ausländisches Zeug, Minni. Ich sollte einen Blumennamen tragen.

Jakob dagegen mochte unsere Namen, Maxi und Minni. Das Auffällige gefiel ihm überhaupt. Sein cremeweißer Hut mit der bereiten Krempe war im ganzen Viertel bekannt.

Jakob war später als zweite Haushaltskraft zu uns gekommen. Alsbald übernahm er aber das Kommando. Was auch immer Narges tat, lehnte er ab. Er fühlte sich ihr grundsätzlich überlegen. Arme Narges, sie wußte sich kaum gegen ihn zu wehren. Dabei war er selber hilflos mit seinem »besonderen Gehirn«. Ich erklärte ihn rasch zu meinem Schützling. Am Ende aber ließ ich ihn im Stich. Alle ließen ihn im Stich. Ob wenigstens Gott zu ihm gehalten hat all die Tage in der »Fremde?«

Aroma, Mutters Großmutter, ist die einzige Verwandte, die wir in Deutschland haben. Uroma, die irgendwann mal Aroma getauft wird, weil ich u wie a ausspreche mit anderthalb Jahren. *Matter* für Mutter, *Bas* für Bus, Aroma für Uroma. Vater soll gesagt haben, es sei merkwürdig, daß erst ein kleines Mädchen der Uroma den richtigen Namen gibt, denn sie dufte immer nach Blumen. Später komme ich hinter ihr Geheimnis. Sie trägt auf der Haut eine selbstgenähte Brusttasche, die mit trocknen Rosenblättern und Gewürznelken gefüllt ist. Eine Wohltat, den Kopf auf Aromas Brust zu legen und den betörenden Duft einzuatmen.

Aroma ist tapfer, Aroma ist stark, Aroma kennt keinen Schlaf. Aroma bewacht das Leben ihrer Liebsten. Aroma ist tausend Jahre alt. Aroma ist klein und zierlich mit einer scharfen Zunge, mit Millionen von Sprüchen auf Lager. Woher sie alle diese Sprüche hat. Erfindet sie die etwa selber? Redet man über Tod, sagt Aroma: »Stirbst du nicht heute, stirbst du morgen«, Maxis Lieblingsspruch. Rede ich zuviel, sagt Aroma: »Ich weiß bald nicht mehr, ob ich ein Bub oder ein Mädchen bin.« Benehmen wir uns daneben, sagt Aroma: »Verrückt und drei gibt sieben.« Spricht man das Wort »jedenfalls« aus, sagt Aroma: »ist der Kopf dikker als der Hals.« Haben wir Blähungen nach unserem Lieblingseintopf, sagt Aroma: »Jedes Böhnchen gibt ein Tönchen« ...

Aroma ist unsere Zuflucht. Aroma ist unsere Hoffnung. Aroma ist unsere Rettung. Immer, wenn Maxi und ich nicht weiter wissen, wenn uns alles zuviel wird, oder zu wenig, rufen wir Aroma an. Und sie kommt, oder sie holt uns zu sich. Die Entfernung zählt nicht. Es beruhigt uns, wenn sie da ist. Sie braucht nichts zu tun, nur da zu sein. Wir sind es, Maxi und ich, die Aroma zu uns einladen. Mutter braucht niemanden und nichts außer Vater und ihrem Klavier.

12 Mutter ist Darmstädterin. Sie ist bei Aroma, ihrer Großmutter, in einfachen Verhältnissen aufgewachsen. Aroma aber träumte schon immer von höheren Sphären. Als Tochter des Hofschreiners des Großherzogs von Darmstadt hatte sie hin und wieder Adelsduft geschnuppert. Sie sehnte sich danach, einen Hauch davon in ihre kleine Welt zu sprühen.

Sie beginnt eine Schneiderlehre beim Schneider der Darmstädter Bühnen. Aroma ist fast noch ein Kind, als der wesentlich ältere Schneidermeister um ihre Hand anhält. Sie zögert nicht lange. All die prächtigen Kostüme gehen durch seine Hände. Eine bunte Welt will sich ihr öffnen: Gesang und Musik, Dramen und Komödien, Licht und Applaus, Glanz und Glamour. All das, wovon sie immer geträumt hat. Ein Jahr später ist auch ihr kleines Mädchen geboren und bringt noch mehr Farbe in ihr bereits farbenfrohes Leben. Mit der Zeit erweist sich das kleine Mädchen als schauspielerisch begabt. Vierjährig spielt sie schon eine kleine Rolle auf der Bühne. Ein fabelhaftes Leben beginnt für Aroma, die Abend für Abend mit dem Ensemble hinter der Bühne zusammensitzt.

Bis der Krieg hereinbricht. Zeit der Ernüchterung ist angesagt. Auch ihr Mann wird eingezogen, trotz seines fortgeschrittenen Alters. Aroma bleibt mit ihrer kleinen Tochter allein. Die glamourösen Zeiten finden ein jähes Ende. Die bunten Kostüme müssen dem nackten Überleben weichen.

Nach sechs Jahren Abwesenheit kann die Rückkehr ihres Mannes aus der amerikanischen Gefangenschaft nichts mehr ändern. Heimgekehrt ist ein gebrochener Mann. Aroma begreift es augenblicklich. Krieg und

Gefangenschaft haben ihren Mann aller Zuversicht beraubt. »Er war in sich gekehrt, sprach kaum. Er war schon immer ein sparsamer Schwabe, jetzt geizte er auch noch mit Wörtern«, sagte Aroma. »Nur noch ein Mund mehr zu füttern«, und Aroma füttert ihn. Zwei Jahre lang.

Dann stirbt ihr Mann. Mutter und Tochter bleiben allein und versuchen sich durchzuschlagen. Uropa ist lange, bevor wir auf die Welt gekommen sind, gestorben. Wir wissen nicht viel über ihn. Aroma erzählt selten von ihm, und Mutter spricht ohnehin nicht viel. Nicht mit uns.

Aromas Tochter beginnt eine Ausbildung zur Schauspielerin und Tänzerin. Indessen macht sie die Bekanntschaft eines amerikanischen GIs, eines gutaussehenden jungen Soldaten aus Milwaukee. Daraus entsteht ein kleines Mädchen, Erika, meine Mutter. Der junge GI liebt seine kleine deutsche Familie. (Einige seiner Geschenke sind noch in Mutters Besitz, ein alter Plattenspieler, ein Gürtel mit einer großen bunten Schmetterlings-Schnalle, ein paar Elvis-Platten.) Elvis Presley macht gerade Furore. Es sind die fünfziger Jahre. Man will den Krieg singend und tanzend vergessen. Sieger und Besiegte gleichermaßen, das junge Paar eingeschlossen. Irgendwann mal wollen sie auch heiraten. Nur, daß das Leben anderes im Sinn hat. Auf der Fahrt zu einem Konzert in Mannheim sterben sie beide bei einem Autounfall. Nur ein vergilbtes Foto dokumentiert die kleine Familie: Ein kleines Mädchen sitzt auf den Schultern eines schmalen jungen Mannes in Uniform, an den sich eine junge Frau mit langen dunklen Locken schmiegt.

Aroma bleibt mit ihrer Enkelin, meiner Mutter, allein. Ab jetzt wird die zweijährige Enkelin zum Mittelpunkt ihrer Träume. Also spart sie Geld und kauft ihr ein Klavier. Marke Willi. »Der Bechstein der Armen«, sagt Mutter.

(Gott weiß, wie Aroma es schaffte, ein Klavier zu kaufen, denn zu dieser Zeit verdiente sie ihren Lebensunterhalt als Haushälterin bei einer Klavierlehrerin. Maxi scherzte, daß Aroma vielleicht einen alleinstehenden alten reichen Herrn verzaubert hätte. Aroma wäre es zuzutrauen. Hat also ein heimlicher Verehrer das Klavier finanziert? Das bleibt Aromas Geheimnis. Vielleicht hat sie aber auch ihre Sprüche, die allgemein bekannten und selbsterfundene dazu, an Werbeagenturen verkauft. Auch das wäre ihr zuzutrauen.) Das Klavier wird fortan liebevoll der »Willi« genannt, wie ein Familienmitglied.

»Gnädige Frau«, sagt Aroma eines Tages zu der Klavierlehrerin Frau Rosenkranz, »mir brauchen Sie kein Geld zu zahlen, bringen sie dafür meiner Enkelin Klavierspielen bei.« Worauf Frau Rosenkranz erwidert: «Nein, nein, Liebe, selbstverständlich bekommen Sie ihr Geld und ihre Enkelin die Stunden. Soviel Anstand muß sein.« Aroma ist ewig dankbar für soviel Anstand. Frau Rosenkranz schenkt Aromas Enkelin, meiner Mutter, viel Aufmerksamkeit. »Das Mädchen fühlt, was sie spielt«, sagt sie zu Aroma. Mit der Zeit wird aus Mutter eine passionierte Klavierspielerin. Frau Rosenkranz veranstaltet kleine Klavierkonzerte für sie und finanziert ihr sogar ein Musikstudium an der Musikhochschule in Frankfurt am Main, wo sie den iranischen Doktoranden Reza Salem kennen und lieben lernt. Er promoviert in Mathematik, zudem besucht er hin und wieder Germanistik-Vorlesungen und -Seminare, was auch Mutter tut. Bei einer Rilke-Vorlesung sitzen sie nebeneinander. Als der Professor ein Gedicht Rilkes aufsagt, kann Mutter nicht so schnell mitschreiben und seufzt resigniert »Mist«. Vater lächelt, wendet sich ihr zu und sagt das Gedicht langsam auf:

»DARAUS, daß Einer dich einmal gewollt hat,
weiß ich, daß wir dich wollen dürfen.
Wenn wir auch alle Tiefen verwürfen:
wenn ein Gebirge Gold hat,
und keiner mehr es ergraben mag,
trägt es einmal der Fluß zutag,
der in die Stille der Steine greift,
der vollen:

Auch wenn wir nicht wollen:
Gott reift.«

(Warum Vater das Gedicht auswendig konnte, wollte er nicht verraten. Er lächelte immer nur auf diese Frage. Maxi sagte, daß es reiner Zufall gewesen sei, Vater hätte es vielleicht am Tag zuvor gelesen. Jedenfalls genügte es, um Mutter zu beeindrucken. Und daraus, daß Eine ihn einmal bewunderte, wurde Liebe, und sie beschwingte Mutter.)

Frau Rosenkranz fragt sie: »Kind, du hast schon immer gefühlt, was du spieltest, aber jetzt ist es etwas anderes. Du gehst mit, du erlebst, was du spielst, wem haben wir es zu verdanken?«

Am nächsten Tag stellt Mutter ihr den Freund vor. »So so, ein Perser, mir soll es recht sein. Sie dürfen aber dem Kind nicht im Weg stehen, das Mädchen ist dazu bestimmt zu spielen. Haben Sie verstanden?« sagt sie herrisch.

»Jawohl, Madame!« antwortet Vater.

»Sagen Sie nie wieder Madame zu mir. Wir sind hier nicht im Puff«, erwidert sie.

»Ein Vergehen an der französischen Sprache, nirgends darf man eine Frau mit Madame ansprechen, außer in Frankreich. Unverständlich; während sich Mrs. und Miss nicht im geringsten beleidigend anhören, wird Madame häufig falsch ausgelegt«, sagt Vater und lacht.

«Das haben die Franzosen sich selbst zuzuschreiben mit ihren Liebeshäusern und gepuderten Madames«, sagt Frau Rosenkranz und lächelt endlich einmal.

13 Mutter blieb auch in Persien Pianistin, wenn auch beschränkt auf den häuslichen Umkreis. Alle wußten es: Die Zeit von sechzehn bis achtzehn Uhr gehörte Mutter allein, ihr und ihrem Klavier. Mutter hatte sich diese zwei Stunden pro Tag erkämpft. Vater war stets bei ihr, wenn sie spielte. Wenn wir wollten, durften auch wir uns zu ihr setzen. Das störte sie nicht. Keine Fragen aber, keine Wünsche, keine Forderungen, keine Bewegungen waren erlaubt. Sie spielte, und Va-

ter hörte mit geschlossenen Augen zu, öffnete sie hin und wieder, kritzelte ein paar Zeilen aufs Papier und schloß sie wieder. Maxi und ich blieben ernst, meistens jedenfalls. Manchmal kicherten wir herum, was dazu führte, daß wir aus dem Zimmer gewiesen wurden. Ausgeschlossen werden, das mochten wir nicht. Der Klang des Klaviers sickerte durch die geschlossene Tür und breitete sich in Haus und Garten aus. Es war aber nicht dasselbe. Wir liebten es, unsere sonst gefühlsarme Mutter leidenschaftlich zu erleben. Wie sie mit Leib und Seele spielte, wie sie sich und alles um sich vergaß. Vormittags fütterten wir das Gehirn, mittags den Bauch, nachmittags die Seele. Und so geschah es immer seltener, daß wir ausgesperrt wurden.

Jeder von uns hatte seine Favoriten. Vater zog die Jazz-Stücke vor, die Mutter zuweilen spielte, mit Improvisationen. Auch ich mochte die witzigen Töne, die klangen wie das Quietschen einer Tür, das Lachen eines alten Mannes oder das Schreien einer Frau, wenn Mutter improvisierte. Am meisten aber faszinierte mich der Fluß der Melodie, der sich in meinen Ohren wie der Fall von Wassertropfen anhörte.

Auch wir sollten Klavier spielen, wünschte Mutter, brachte aber nicht die nötige Geduld auf, um uns zu unterrichten. Herr Aslan, unser Musiklehrer, kam jeden Dienstag gegen achtzehn Uhr, kurz bevor Mutter aufhörte zu spielen, und arbeitete zwei Stunden mit uns. Danach aßen wir gemeinsam zu Abend und tranken anschließend Tee zusammen. Maxi und ich durften uns dann zurückziehen, während Herr Aslan noch lange blieb und sich mit den Eltern unterhielt, meistens mit Mutter allein. Mit der Zeit kamen wir dahinter, daß Herr Aslan in Mutter verliebt war. Der ständige Farbwechsel in seinem Gesicht, wenn Mutter mit ihm sprach, die Art, wie er über sie sprach, verriet ihn. Mutter, hatte ich den Verdacht, spielte mit ihm. Vielleicht um Vaters Eifersucht ein wenig zu erregen. Keine Chance. Vater war sich ihrer bedingungslos sicher. Nachts träumte ich manchmal, daß Mutter mit Herrn Aslan durchgebrannt war. Es blieb aber beim Traum. Mutter wird Vater nie verlassen. Nicht einmal im Tod. Es wird Vater sein, der als erster geht, ich weiß es.

Maxi war halbherzig bei der Sache. Die Eltern seien Künstler, also müsse aus uns auch etwas Besonderes werden, niemand frage uns aber, ob wir das überhaupt wollten, meckerte er. Aroma sagte, wir seien schon etwas Besonderes. Vater sagte, weit entfernt davon. Mutter lächelte. Ich dachte, der Alte spinnt, tief in mir spürte ich aber den Drang, Vater zu beeindrucken und Aroma zufriedenzustellen. Maxi sagte, er mache sich nicht verrückt, ihm sei egal, was Vater über ihn denkt oder Mutter oder gar Aroma, er wolle für sich leben, er brauche keine Noten von niemandem.

Ich dagegen bin hungrig nach einem guten Zeugnis, insbesondere von Vater. Mit vierzehn beginne ich mit Gesangsunterricht, auch will ich Akkordeon spielen. Herr Aslan übernimmt den Unterricht. Die Leidenschaft fürs Singen beginnt viel früher. Schon als Dreijährige singe ich die Songs aus dem Radio und Kassettenrekorder nach. Mutter erzählt, daß sie verwundert dastand und mir zuhörte. Sie habe gestaunt, wie fehlerlos ich Texte wiedergeben konnte. Die Melodie hätte ich so gut beherrscht, als könnte ich bereits Noten lesen.

Bei jedem Familien- oder Freundestreffen muß ich singen. »Minni soll singen«, heißt es immer, nachdem wir ein paar Stunden zusammengesessen haben. Zuerst hasse ich es, allmählich finde ich aber Gefallen daran. Ich genieße es, im Mittelpunkt zu stehen und von allen gelobt zu werden. Mit der Zeit werde ich lobsüchtig. Mit vierzehn verlange ich nach Gesangsunterricht. Meine wilde Stimme soll gezähmt werden: Ich will professionell singen, das Lob der Familie und Bekannten genügt mir nicht mehr.

Herr Aslan meint, meine Stimme sei unverwechselbar. Aroma sagt, samtig, Maxi rauchig, Mutter diffus, Vater sagt nichts. Ich kenne seine Janis Joplin-Platten und singe laut aus dem Fenster hinaus: *O Lord, would you buy me a Mercedes Benz.* »Nicht so laut«, ruft er herauf.

14

Ob Aroma noch unentdeckt in ihrer Badewanne liegt? Ich versuche den Gedanken zu vertreiben. Die fremde Wohnung lenkt mich ab. Ich werde mir Zeit lassen, denke ich, überall hineinsehen, alles beschnuppern. Ein Fehler, mich hier allein zu lassen. Wie unvorsichtig von dir, Achim, denke ich.

Ich schaue mich in der Küche um. Alles steht in einem offenen Regal aus Chrom und Glas. Teures Stück, man sieht es ihm an. Teuer wie das Geschirr darin. Zwei Teller, zwei Suppenteller, zwei Tassen ..., von allem nur zwei. Achim kann höchstens eine Person neben sich ertragen, hier finden keine Partys statt.

Ich nehme den Glasbehälter mit löslichem Kaffee aus dem Regal, mache mir eine Tasse Kaffee und gehe durch die Wohnung. Drei Farben dominieren: braun, weiß, silbergrau. Brauner Holzboden, weiße Möbel, Tische aus Glas und Chrom, transparente, silbergrau glänzende Vorhänge, die sich in langen Bahnen auf dem Boden bauschen. Hier und da leuchtet etwas Buntes, eine orangefarbene Glasvase, ein gelber Kristallaschenbecher, und die Gemälde, die an die Wände gelehnt sind. Farbakzente in der streng gehaltenen Dreifarbkombination.

Ich setze mich auf die weiße Couch, lege die Beine auf den silbermetallenen Tisch und nippe an meinem Kaffee.

Ein kleines Mädchen geht leise auf Fußspitzen. In Mamas Zimmer stiehlt sie den rötesten Lippenstift. Rot ..., weiß. Weiße Badewanne. Nasse glitschige Haare. Blutfeuchte Wunde am Kopf. Rot, rot. Es hämmert tropf, tropf, tropf ... Die kleine Blutlache formt sich zu einem winzigen Rinnsal und verschwindet im Abfluß. Ich schreie auf. Ein paar Tropfen Kaffee fallen auf die weiße Couch. Ein brauner Fleck breitet sich aus. Ich lege meinen Kopf auf den frischen braunen Fleck, kann nicht ruhen, greife in den Aschenbecher. Es liegt ein blattdünnes goldenes Feuerzeug darin, wahrscheinlich echt Gold. Ich nehme das edle Stück in die Hand und spiele eine Weile damit. Meine Hand zittert, ich suche nach einem Blatt Papier und zünde es an einer Ecke an. Kriechend setzt sich das Feuer in Bewegung, zeichnet braune Ränder ins Papier. Ich renne ins Badezimmer, drehe die Dusche auf, halte das brennende Blatt unter den Wasserstrahl. Schwarze Fetzen fallen in die weiße Badewanne. Ich lasse sie dort liegen, wasche meine Hände und gehe zurück ins Wohnzimmer.

Ich muß mit Maxi reden, denke ich, sonst drehe ich völlig durch, ängstige ich mich. Ich weiß nicht, wie spät es drüben ist. Es ist mir egal. Es meldet sich sein Anrufbeantworter mit einer automatischen Männerstimme: »We are not availabe now ...« Ich lasse ihn ausreden, dann schreie ich in den Hörer: »Maxi, geh dran, wenn du da bist. Maxi, ich bin's.« Ich warte, wiederhole mich noch einige Male. »Maxi, bitte geh dran, bitte.« Stille. Maxi ist nicht da, oder er will nicht dasein.

Alle sind sie weg, tot oder weit weg. Wozu lebe ich denn noch?

Das letzte Bild von Jakob schießt vor meine schläfrigen Augen: den Oberkörper aus dem heruntergekurbelten Autofenster halb zu uns gebeugt, laues Winken.

Wie oft muß er sich das gedacht haben in seinen letzten Wochen: Wozu lebe ich denn noch?

15

Jakob packt seinen Koffer. Wenn ich ihn fragen würde, was er gerade denkt, würde er sagen, nichts. Ich würde sagen, es geht doch nicht, man denkt immer über irgendwas nach. Er würde lachen und antworten, nein, nichts. Obgleich, ich bin mir nicht sicher, ob er auch diesmal lachen würde. Es geht schließlich um sein Leben. Sie haben es ihm verschwiegen. Er weiß nicht, wohin die Reise führt. Er muß es aber geahnt haben. Jakob ist gescheit. Jakob merkt immer alles.

»Bist du fertig?« ruft Mutter aus der Küche in den Souterrain hinunter. »Gleich«, antwortet Jakob. Einige Minuten vergehen. Er kommt, seinen Koffer in der rechten, das Transistorradio in der linken Hand haltend. Wo ist denn sein Hut, der breitkrempige, cremeweiße Hut? Den hat er immer für besondere Anlässe aufgesetzt. Hält er den heutigen Tag nicht für einen besonderen? Er sieht blaß aus. Ich vermeide den Blickkontakt und drehe mich schnell zu Vater um. Vater schaut zu Boden. Ich merke, er kämpft mit den Tränen. Das will etwas heißen. Vater zeigt selten Gefühle. Die letzten Tränen vergoß er für Tante Mana. Es ist lange her, wir waren noch kleine Kinder. Jetzt bin ich eine erwachsene Frau.

»Alles wird gut, Jakobkhan«, sagt Vater.

»Ja, so Gott will«, antwortet Jakob leise.

Herr Resaie, der Fahrer, wartet im Garten. Er ist ungeduldig, er hupt.

»Komm, Jakobdjan«, sagt Mutter, »geh dreimal unter dem Koran durch«, sagt sie und hält den Koran hoch.

Mutter ist islamischer als alle anderen in der Verwandtschaft. »Schüssel heißer als die Suppe«, sagt Aroma, die ihren Sprüche-Fundus mit persischen Sprüchen erweitert hat. Vater hatte nicht verlangt, daß Mutter zum Islam übertritt. Sie wollte es. »Wenn ich in deinem Land lebe, will ich auch sein wie die anderen«, hatte sie gesagt. Alle Religionen wollten doch das Eine: die menschliche Natur zähmen. Sie könne ruhig bei ihrer Religion bleiben, hatte Vater gesagt. Mutter beharrte darauf. »Wenn schon, denn schon«, hatte sie Aroma nachgemacht, sie wolle in ihm, seinem Land und seiner Kultur ganz und gar aufgehen.

Jakob zieht seine Schuhe aus, bückt sich, geht dreimal unter dem hochgehaltenen Koran durch, beim dritten Mal küßt er ihn und reibt ihn an seine Stirn. Dann zieht er seine Schuhe wieder an und bleibt stehen. Herr Resaie ruft: » Komm, Jakobkhan, wir müssen.« Alle sagen heute Jakob*khan* oder *Jakobdjan* zu ihm, Herr Jakob, lieber Jakob, sonst heißt es immer nur Jakob. Etwas stimmt hier nicht, muß er gewußt haben. Jakob ist gescheit, Jakob merkt immer alles.

»Auf Wiedersehen«, sagt er verschämt. Ich nehme ihn in den Arm und lasse ihn augenblicklich los. »Alles Gute, Jakobdjan«, sage ich. Sein Atem stockt. »Gute Reise«, sagt er. Ich fliege am nächsten Tag zurück nach Deutschland. Er nimmt seinen Koffer und das Transistorradio vom Boden. Seine Finger stoßen an den Ein-und-Aus-Knopf, das Radio schaltet sich ein. Eine Männerstimme singt: »Ich war tot, ich wurde lebendig, das Reich der Liebe brach an, und ich wurde unsterblich.«

Jakob macht das Radio aus. Er geht die Stufen zum Hof hinunter. Herr Resaie nimmt ihm den Koffer ab und legt ihn in den Kofferraum, sein Radio will Jakob nicht aus der Hand geben. Er steigt ins Auto, kurbelt die Fensterscheibe hinunter, legt seinen Kopf darauf und schaut zu uns. Das Auto setzt sich langsam in Bewegung. Wir winken Jakob zu. Bald ist das Auto durchs Gartentor verschwunden. Ich blicke auf die Platanen im Garten. Ihre letzten Blätter zittern im lauen Herbstwind.

Wir gehen ins Haus. Jakobs leerer Platz zerrt an uns. Vater geht auf und ab. Keiner sagt etwas. Vater setzt sich und beginnt, laut zu weinen. Seine Schultern bewegen sich heftig. Mutter eilt geängstigt zu ihm und hält ihn fest. Es sei das Ende, wiederholt er unwillkürlich. Ich will nicht weinen. Ich kann nicht weinen. Dazu bin ich zu sehr verbittert. Es ist nicht fair, daß Jakobs Leben so endet, denke ich. Mutter sagt: »Er wird es dort gut haben.«

Jakob ist in ein abgelegenes Altersheim gebracht worden. Eine halbe Weltreise bis dahin. Man hat ihm erzählt, es sei ein Sanatorium. Er werde sich da kurieren von seinen Schwächeanfällen, auch seine Augen würden intensiv untersucht, er werde besser sehen können, dann komme er zurück.

Jakob wurde immer gebrechlicher in den letzten Jahren, konnte schlecht sehen, konnte schlecht hören. Einige Male wäre er fast überfahren worden, weil er die Autos nicht gesehen oder gehört hat. Einmal war er in ein Schaufenster gelaufen. Die Nachbarn und der Ladenbesitzer warnten Vater: »Herr Professor, es ist unverantwortlich, Jakob allein aus dem Hause zu lassen.« Mutter verbat ihm, auf die Straße zu gehen. Es war wie bei lebendigem Leib begraben zu werden. Für eine Weile hielt er sich daran, dann konnte er nicht mehr. Er mußte raus, heimlich, später auch mit Mutters Zustimmung, weil sie Mitleid hatte mit ihm. Aber dann wurde es Mutter zu viel mit zwei kranken Männern, Jakob und Vater.

Vier Monate nach unserer Abreise aus Teheran rief Mutter aufgeregt an. Vater sei krank, Verdacht auf Lungenkrebs, müsse schleunigst operiert werden. Wir sollten bitte sofort kommen, er wolle uns vor der Operation noch einmal sehen. Zwei Tage später waren wir schon da. Vater hatte Angst. Sie stand ihm ins Gesicht geschrieben, obwohl er versuchte, sich nichts anmerken zu lassen. Seinen sonst so furchtlosen Blick kannte ich nur zu gut, dieser hier war furchtergriffen.

Maxi und ich saßen an seinem Bett und hielten seine Hand. Ich hatte das merkwürdige Gefühl, daß mir dieses helle Krankenhauszimmer gefiel. Das saubere frischbezogene Bett, in dem Vater lag, mager, blaß, mit seinem graumelierten Wuschelkopf, kam mir wie ein Ort der Erfüllung vor. Hier durfte ich seine Hand festhalten, seine Haut berühren, ihn spüren. Haut an Haut.

»Papa, du wirst doch nicht schlappmachen«, scherzte Maxi.

»Nein, nein, das habe ich nicht vor. Stimmt's, Minni?« sagte er in meine Richtung.

Er sagte zum ersten Mal Minni zu mir, nicht Minima.

»Gefällt es euch bei Aroma?« fragte er.

»Wir müssen herausfinden, was wir aus unserem Leben machen wollen«, sagte Maxi.

»Und was wollt ihr aus eurem Leben machen?«

»Das wissen wir noch nicht.«

»Laßt euch ruhig Zeit«, sagte er. »Für manche bleibt es ein lebenslanges Rätsel, was sie wirklich aus ihrem Leben machen wollen.«

Vater hat die väterliche Strenge abgelegt, ist nahbar geworden, einfühlsam, »Minni« aus seinem Munde klingt beinah wie eine Liebeserklärung, denke ich. Hoffentlich stirbt er nicht. Nicht jetzt. Jetzt, da er zärtlich geworden ist. Vielleicht hat er gemerkt, daß ihm Mutter allein nicht mehr genügt. Vielleicht bekomme ich auch eine Chance, denke ich. Und Vater fragt, an was ich denn gerade so denke. Ich müsse keine Angst haben. »Alles wird gut, Minni«, sagt er.

Alles wurde nicht gut. Vater überstand zwar die sechsstündige Operation, es war kein Krebs, nur ein gutartiger Tumor, wenn auch übermäßig groß, der sich in einen bösartigen hätte verwandeln können. Er war aber danach wie ausgewechselt: schwach und depressiv. Nach ein paar Wochen, als er sich ein wenig erholt hatte – als er seinen ersten Satz aussprach –, sagte Mutter zu uns, wir sollten zurück nach Deutschland. Er würde bald wieder der Alte sein. Vater fand aber nie mehr zu seiner alten Form, blieb schwermütig, erschuf sich seine eigene Welt und versank immer mehr darin. Mutter mußte allein das Leben meistern. Ein paar Jahre hielt sie es durch, aber dann wurde es ihr zu viel. Jakob mußte ins Altersheim.

Vater sagt, es sei die Endstation, Jakobs Weg sei nun zu Ende. Ich gehe in mein Zimmer und schließe die Tür. Ein holpriger Weg, denke ich, Jakobs Leben. Wenn Maxi nur da wäre. Es war gut, daß ich dabei war, denke ich. Gut für Jakob.

16

Jakob trug weißen Anzug, weiße Schuhe, cremeweißen Hut, wie Kolonialmenschen, die ich aus Hollywood-Filmen kannte. Wir, Maxi und ich und die zahlreichen Nichten und Neffen unserer Nachbarin Frau Lotfi, hatten uns vor der Tür versammelt, um ihn zu begrüßen. Jakob lächelte verlegen. Wir auch. Man hatte uns erzählt, daß er geistig zurückgeblieben sei. Mutter sagte, er sei plemplem. Was das heißen solle, wollten wir wissen. Sie lachte, das sei ein schwäbischer Ausdruck für eine Schraube locker haben, nicht alle Tassen im Schrank haben, was an der Waffel haben (Mutter machte hin und wieder Aroma nach). Maxi fragte, ob Vater alle Tassen im Schrank hätte. Mutter empörte sich, das wolle sie nicht gehört haben. Wir kicherten. Ich flüsterte Maxi ins Ohr: »Vater hat was an der Waffel.« Mutter schaute uns böse an, so hatten wir sie noch nie erlebt.

Jakob setzte seinen rostbraunen uralten Lederkoffer auf den Boden und nahm seinen Hut ab. Er war kahlgeschoren. Ich weiß nicht, wie die Plemplems aussehen. Hätten wir ihm seine Verrücktheit angesehen, wenn wir nicht davon gewußt hätten? Mutter protestierte. Er sei nicht verrückt, sonst müßte er ja eingesperrt werden, er sei nur ein wenig zurückgeblieben, eben plemplem.

Jakob war eine Entdeckung Frau Lotfis, einer alleinstehenden, religiösen Frau in unserer Nachbarschaft. Wir Kinder mochten sie besonders gern. Sie war immer freundlich zu uns und ließ uns in ihrem Garten herumtoben – in unserem eigenen durften wir es nicht. Bei uns war meistens Ruhe angesagt. Entweder war es Vater, der nicht gestört werden sollte, oder Mutter.

Bei ihrer letzten Pilgerfahrt nach Maschhad hatte Frau Lotfi Jakob entdeckt. (Eigentlich hieß er *Jaghub*, der Name des Propheten auf persisch. Mutter nannte ihn aber Jakob, schon als Frau Lotfi von ihm erzählte, lange, bevor er nach Teheran gekommen war. So hieß er in Teheran gleich Jakob, was ihm sehr gefiel.)

Jakob war bei Frau Lotfis Gastgeberin in Maschhad angestellt. Einmal schüttet er in ihrer Abwesenheit Frau Lotfi sein Herz aus, daß er für sein Leben gern nach Teheran kommen wolle, daß das übermäßige Frömmeln der Arbeitgeberin ihm lästig sei. Daraufhin lädt Frau Lotfi ihn nach Teheran ein. Er könne bei ihr arbeiten. Sie brauche eine Haushaltshilfe. Wenn er wolle, sei er willkommen, er müsse es aber mit seiner Arbeitgeberin absprechen. Sie wolle auf keinen Fall ihrer Gastgeberin den Hausangestellten ausspannen. Mutter sagte, daß es aber doch ein Ausspannen war, was denn sonst. Frau Lotfi lachte und erwiderte, solange sie ihr den Ehemann nicht ausgespannt hätte, ginge es doch, worauf alle lachten.

Und jetzt war er da, der Jakob, schüchtern, fremd. Wir schlossen ihn sofort ins Herz. Sein verschämtes Lächeln, seine neugierigen Blicke, das akkurate Äußere, all das mochten wir an ihm. Es hinderte uns jedoch nicht daran, ihn zu ärgern. Wir waren kleine Biester. Tag für Tag verfolgten wir ihn auf Schritt und Tritt und riefen ihm hinterher: plemplem, plemplem. Jakob wollte wissen, was das heißt. »Ein deutsches Wort für Leute mit besonderem Gehirn«, erklärten wir ihm. Das fand er gut. Nach einer Weile wurde es ihm aber lästig, er wollte in Ruhe gelassen werden.

Einmal erzählte er uns, wie es dazu gekommen war, daß er ein »besonderes Gehirn« bekam. Er war als Kind auf einen hohen Maulbeerbaum geklettert, um von den süßen Früchten zu kosten. Seine Mutter schrie: »Kind, komm doch runter, am Ende wirst du noch fallen.« In diesem Augenblick wurde ihm schwindlig, und er fiel tatsächlich vom Baum. Es sei Mittag gewesen, die Sonne habe mitten am Himmel gestanden. Im Fallen, das ihm unendlich lang vorkam, konnte er sehen, daß die Sonne genau in der Mitte des Himmels stand. Für einen Bruchteil der Sekunde sei ihm der Gedanke durch den Kopf geschossen, daß seine Mutter ihn immer davor gewarnt hatte: »Die Mittagssonne macht schwindlig, Kind.« Es war zu spät. Er war bereits von dem hohen Maulbeerbaum heruntergefallen. Er lag auf dem Boden, und sein Gehirn war ihm aus dem Schädel hinausgerutscht. Es war ihm grausig kalt, in der Tagesmitte mitten im Sommer war ihm grausig kalt. Er bemerkte nichts mehr. Es war nur kalt und dunkel. Dann schaute er nach oben und sah die Sonne, die ihre mächtige Lichtflut nur für ihn herabschickte. Er lag so da und spürte eine wohlige Wärme. Licht und Wärme, sonst nichts.

Man habe die Hoffnung aufgegeben, daß er am Leben bleibe. Gott wollte ihn aber noch leben lassen, die Sonne wollte ihre Strahlen auf seinen lebenden Leib werfen, nicht auf seinen Leichnam. So war er am Leben geblieben. Nur daß er ein wenig anders geraten war, das besondere Gehirn eben, scherzte er selber.

Wir mochten seine Geschichte. Ein paar Tage danach waren wir sehr vorsichtig, als wir auf den Maulbeerbaum in Frau Lotfis Garten kletterten. Jakob mußte zu hoch geklettert sein, dachte ich damals, wenn ich runterfallen würde, würde ich mir nur ein Bein brechen oder eine Hand. Mein Gehirn würde bestimmt nicht herausrutschen, sagte ich zu Maxi. »Ganz sicher nicht«, antwortete er, »du hast nämlich keins.« Hätte er eines, würde er meines erkennen, konterte ich.

Das Bild des vom Maulbeerbaum gefallenen und auf dem Boden in einer Blutlache liegenden Jakob mit herausgerutschtem Gehirn spukte mir lange im Kopf herum. Mit der Zeit aber verloren wir Kinder das Interesse an ihm, er war eben da in unserer Nachbarschaft, ein Teil unseres Lebens, weiter nichts.

Bis er das Haus von Frau Lotfi verlassen mußte. Ein Mullah hatte sie gewarnt, daß Jakob *Namahram* sei, nicht zu denen gehöre, vor denen Frau Lotfi sich ohne Schleier zeigen dürfe. Sie müsse ihn heiraten. Nur so, die Ehe müsse nicht vollzogen werden. Mit einer einzigen Koransure wäre die Angelegenheit erledigt. Der Gedanke, Jakobs Frau zu werden, in welcher Form auch immer, war Frau Lotfi jedoch nicht geheuer. So weit wollte sie nicht gehen. Sie entschied sich gegen Jakob. Er sollte nach Maschhad zurückkehren.

Inzwischen war uns ein Leben ohne Jakob unvorstellbar. Wen sollten wir denn necken. Wer würde uns bizarre Geschichten erzählen von dem heftigen Erdbeben, das eines Nachts sein Hausdach für einen Augenblick auseinanderzog, so daß er den Mond am Himmel sehen konnte, und es wieder zumachte, wer würde uns von Maulbeerbäumen erzählen, von den unglaublichen Wundern des heiligen *Emam Reza*. Wer sonst würde so lachen aus tiefstem Herzen. Es mußte etwas geschehen. Wir rannten klagend zum Vater.

Auch Vater mochte Jakob. Er amüsierte sich köstlich über ihn. Jakob erzählte ihm voller Stolz von seinen Frauengeschichten: Die schöne junge Frau, die ihn nach einer Adresse gefragt hätte, die noch jüngere, welche die Uhrzeit wissen wollte. Die hätten doch einen anderen fragen können, sagte er beglückt, sie hätten sich aber für ihn entschieden. Vater nahm ihn auf den Arm: »Na, Jakobkhan, was machen deine Verehrerinnen?« fragte er hin und wieder, und Jakob berichtete von den jüngsten Vorfällen.

Es wurde rasch beschlossen, daß Jakob zu uns kommen sollte. Eine zweite Arbeitskraft war ohnehin fällig. Narges war in die Jahre gekommen. Es fiel ihr zunehmend schwerer, den Haushalt allein zu führen.

Jakob war verstimmt darüber, daß er Frau Lotfis Haus verlassen mußte. »Die Mullahs erzählen viel Unsinn«, sagte er verärgert, »was soll Schlimmes passieren, wenn Frau Lotfi ohne Schleier vor mir herumläuft, schließlich ist sie kein vierzehnjähriges Mädchen mehr!«

Ich mußte an jene Nacht denken in Frau Lotfis Garten, als Maxi und ich wieder einmal dort übernachten durften. Im Morgengrauen wurde ich von einem merkwürdigen Geräusch geweckt. Jemand stöhnte. Ich schaute ängstlich um mich und entdeckte Jakob, der sich wild an der Gartenmauer rieb und dabei stöhnte. Er sah beängstigend aus, die Augen hatte er geschlossen, vor dem Mund hatte er weißen Schaum. Der Anblick war ekelhaft. Dennoch starrte ich ihn wie elektrisiert an. Ich hatte keine Ahnung, was er gerade machte, es mußte aber etwas Verbotenes sein. Ich sah schnell zu Frau Lotfi hinüber. Nicht daß sie ihn sähe. Sie schlief fest, die dünne Decke war zur Seite gerutscht, ihr Nachthemd nach oben gerollt, ihre weißen Schenkel glänzten nackt in der Morgendämmerung.

Ich sprach mit niemandem darüber, auch mit Maxi nicht, fragte ihn aber einmal beiläufig, ob er sich manchmal an der Wand reibe. Was ich damit meine, fragte er. »Nichts, machst du's oder nicht?« blieb ich hartnäckig. »Natürlich nicht, warum sollte ich?« antwortete er.

Ein paar Tage mied ich Jakob. Sicher war nicht in Ordnung, was er getan hatte. Aber dann dachte ich, es ist seine Sache, was er in der Morgenfrühe an der Gartenmauer treibt, und vergaß die Geschichte.

Allmählich fühlte sich Jakob wohl bei uns. In unserem Haus hatte er mehr Abwechslung. Bald darauf avancierte ich zu seinem Liebling. Maxi ärgerte ihn viel zu sehr, um sein Herz erobern zu können. Ich war Jakobs Anwältin, niemand durfte ihm etwas antun, solange ich in der Nähe war. Und ich unterhielt mich mit ihm. Das mochte er. Sonst gab man ihm nur Anweisungen. Vater verlangte täglich die Aufzählung der Einkäufe. Er machte eine Veranstaltung daraus: Nachmittags, gegen vier Uhr, kurz vor Mutters Klavierstunden, servierte Jakob Tee, dann mußte er sich hinsetzen und aufzählen, was er eingekauft hatte. Menge und Preis, alles wurde akribisch in ein Heft geschrieben, addiert und vom Anfangssaldo abgezogen. Dann bekam er Geld für den nächsten Tag. Jakob erinnerte sich nicht immer an alle Einkäufe. Die Rechnung ging häufig nicht auf. Vater trieb seine Späße mit ihm. Wenn er zu weit ging, mischte ich mich ein und kam Jakob zu Hilfe, wenn ich dabei war. Mit der Zeit begriff er, daß alles nicht so ernst gemeint war, wie es klang. Er ärgerte sich dennoch. Manchmal war der fehlende Betrag so groß, daß auch ich nichts mehr zurechtbiegen konnte. Jakob mußte dafür aufkommen. Ein Betrüger war er nicht. Das wußte auch Vater. Er war leichtsinnig, paßte nicht auf beim Zahlen oder verlor das Restgeld. Vater wollte ihn nur zur Gründlichkeit erziehen. Er müsse erzogen werden, wie man eben Kinder erzieht, sagte er.

Nach einiger Zeit bahnte sich ein anderes Problem an: Jakob war eifersüchtig auf Narges. Arme Narges, sie durfte nichts mehr anfassen, sich nicht mehr mit uns unterhalten, nicht mehr ihr Zimmer verlassen, ohne daß Jakob einen Aufstand gemacht hätte. Er hatte Angst, sie würde ihm etwas wegnehmen. Mit den Jahren verschlimmerte sich seine Eifersucht noch. Jeder, der bei uns eine Arbeit verrichtete, war ihm ein Dorn im Auge. Sie raubten ihm das Geld, unsere Aufmerksamkeit, unsere Liebe. Die wollten sich nur bei uns einschmeicheln, um ihn zu vertreiben. Die Frau, die zum Wäschewaschen kam, der Gärtner, der Fahrer, der Handwerker, in allen sah Jakob die Konkurrenz. Wir lachten über seine Eifersüchteleien, gelegentlich provozierten wir ihn sogar, erzählten Märchengeschichten und bestärkten ihn in seinem Wahn. Zuweilen war es nicht mehr witzig. Und zwar immer dann, wenn seine Feindseligkeiten gegen Narges den Gipfel erreichten. Ich war wütend. Zurechnungsfähig oder nicht, verrückt oder nicht – ungerecht bleibt ungerecht.

An einem verschneiten Tag weigerte sich Jakob nach einem Streit mit Narges, einkaufen zu gehen. Narges machte sich wacklig auf den Weg. Eine Stunde später brachten uns Passanten die Nachricht, sie liege verletzt auf der Straße. Vater lief eilig los, ich begleitete ihn. Wir schoben die Menschenmenge beiseite, die Narges umstand. Sie lag da im Schnee. Noch war sie bei vollem Bewußtsein. Ein Blick auf den Vater, ein langer Blick auf mich, der dann brach. Sie fiel ins Koma. Einige Stunden später verstarb sie im Krankenhaus.

Am Tag der Beerdigung legte ich ihr eine weiße Lilie aufs Grab. Wer würde mich nun weiße Lilie nennen, wimmerte ich leise. Jakob weinte bitterlich. »Wenn ich nur nicht so stur gewesen wäre«, wehklagte er. »Gott ist mein Zeuge, ich wollte nicht ihren Tod«, schluchzte er. Ich verzieh ihm gleich.

Maxi und ich waren schon lange keine Kinder mehr. Aber erst der Tod von Narges machte uns zu Erwachsenen. Schon seit langem gab es die Überlegung, daß wir im Ausland studieren sollten – Deutschland oder Amerika. Aroma hatte sich bereit erklärt, uns bei sich aufzunehmen. Maxi und ich waren unentschieden, wollten uns noch Zeit lassen. Mich zog es nicht nach Amerika, aber Deutschland war auch nicht mein Traumland. Mit einem deutschen Paß in der Tasche stand uns die Welt offen. Ich träumte von Italien, dachte, Musik kann man am besten in Italien studieren. »Dann hättest du Italienisch lernen sollen«, sagte Vater verärgert. Fest stand, Maxi und ich sollten zusammenbleiben. Maxi schwankte zwischen Amerika, England und Deutschland. Wir diskutierten lange miteinander. Ergebnislos.

Der Tod von Narges rüttelte uns wach: Das Leben ist zu kurz und unberechenbar. Es fällt Schnee, du rutschst aus und bist tot.

Vater erzählte die Geschichte eines Freundes, eines gesunden, robusten Sportlers aus Schiraz, dessen Flugzeug bei einem Flug nach Teheran abstürzte. Alle Insassen waren sofort tot, außer ihm. Einen Monat später fiel er die Treppe seines Hauses herunter und war augenblicklich tot. Frau Lotfi sagte, dem Todesengel könne man nicht entkommen, wenn man ihn einmal austrickst, findet er einen anderen Weg.

Narges' Todesengel erwischte sie an einem verschneiten Tag, ließ sie ausrutschen und sich am Kopf verletzen. So einfach kann es also gehen. Er wird auch uns abfangen, vielleicht dann, wenn wir ihn am wenigstens erwarten. Wir müssen etwas aus unserem Leben machen, bevor er es auf uns abgesehen hat. Bevor der nächste Schnee fällt, dachte ich.

Wir beschlossen nach Deutschland zu fahren. Die Eltern waren froh darüber. Ihnen war es wohler dabei, uns bei Aroma zu wissen.

»Du sparst dein Geld und kommst nach, einverstanden?« sage ich zu Jakob.

»Woher denn, welches Geld?«

»Na gut, dann bringe ich dir eine Frau aus *Alman* mit.«

Das gefällt ihm besser, er zögert aber, es sei zu teuer, die Flugkarte, wie wolle ich die bezahlen.

»Ich lasse deine Braut auf das Flugzeug binden, wie Reisegepäck, dann ist es nicht mehr so teuer.«

Jakob lacht aus tiefstem Herzen.

»Es geht doch nicht, wie Reisegepäck.«

»Doch, doch, deine Frau darf auf dem Flugzeug als Reisegepäck mitfliegen.«

So scherze ich mit ihm, damit der bevorstehende Abschied nicht so schwer fällt.

In der Fremde

1 Ich betrachte Achims bunte Gemälde, die an die Wände gelehnt sind, und denke über mein Leben nach. Mir sind Farben abhanden gekommen. Mein buntes Leben ist blaß geworden. Es ist nichts mehr zu erkennen außer einem riesigen blutigen Punkt auf einer blassen Oberfläche. Es ist zu Ende, bevor es richtig begonnen hat, denke ich.

Mein Blick bleibt auf einem Bild hängen. Es zeigt eine gesichtslose Frau mit silbernen Flügeln, die in der Dunkelheit der Nacht über den Häusern und Wolkenkratzern schwebt. Die langen wehenden Haare sind in Blau gehalten, ihr schmaler Körper schimmert nackt durch das transparente Gewand, ihre Flügel sind weit ausgebreitet. Die Häuser sind finster, nur einzelne Fenster leuchten hier und da. Hinter einem Hochhaus ist die Spitze des Mondes zu sehen. Das Bild zieht mich magisch an. Ich setze mich davor, versinke darin, beginne die hellen Fenster zu zählen: eins, zwei, drei ... Ich höre auf. Wer wohl gerade was macht hinter den Fenstern dieser Stadt, dieser Straße. Meine Augen werden feucht. Ich weine nicht, nein, ich weine nicht.

Hätte ich nur fliegen können! Alle die Sorgen unter sich lassen, alle die Menschen unter sich lassen, alle, die leben, und alle, die tot sind. Wie berauschend muß es sein, fremde Gegenden zu erkunden, fremde Hände zu drücken, in fremden Sprachen guten Morgen zu sagen und gute Nacht, in fremden Sprachen sein Geld zu verdienen, Geschäftsbriefe zu schreiben und Liebesbriefe, in fremden Sprachen zärtliche Worte zu flüstern und zu fluchen, zu lesen und zu schreiben, zu singen. Zu singen.

Ich gehe wieder ins Schlafzimmer, werfe mich aufs Bett, schließe die Augen, gebe mir Flügel, fliege. Hoch hinauf. Es ist ein gutes Gefühl, es wärmt mich. Nur kurz. Die Realität holt mich rasch wieder ein. Ich bin nicht im Himmel. Ich bin in einer fremden Wohnung in Frankfurt, breche unter der Last meiner Schuld zusammen und habe keinen blassen Schimmer, was ich tun soll. Mir wurde die Chance gewährt, ein fremdes Land für mich zu gewinnen. Ich nützte sie nicht. Nur eine Zelle wird mir wohl zugeteilt. *Das ist mein Teil, das ist mein Teil*, sagte einst Vaters Forugh. Eine Zelle in Deutschland wird mein Teil sein. Es war anders geplant. Es kam anders. Warum auch immer. Wer weiß es schon? Alle wollen glücklich sein, alle wollen ihrem Leben einen Sinn geben. Wie vielen Menschen gelingt es? Mir ist es nicht gelungen. Ich habe versagt, denke ich. Vielleicht, weil meine Seele mich im Stich ließ, sie kam nie ganz bei mir an, brach entzwei und hinkte nur zur Hälfte hinterher.

2

In Frankfurt regnet es. Wir sitzen im Bus nach Darmstadt. Die Vergangenheit liegt in unseren Koffern eingepackt. Aroma sagte am Telefon: »Bitte keine Pistazien oder Berberitzen mitbringen, auch nicht Safran, Kräuter oder Kunsthandwerk. Bringt bitte nichts mit, nur eure Klamotten und persönliche Sachen. Es gibt wenig Platz, wie ihr wißt.«

Jedesmal, wenn wir Aroma besuchen, bringen wir ihr all das mit, was wir nicht mitbringen sollen. Safran und Berberitzen, getrocknete Kräuter, persisches Kunsthandwerk. Einmal bekam sie einen Perserteppich von Vater. Da war sie sichtlich beeindruckt.

So sitzen wir nun im Bus. Kein persisches Kunsthandwerk, kein Safran, ein Kilo Pistazien haben wir aber im Gepäck. »Aroma knackt gern ein paar Nüsse zu ihrem ›Bierchen‹, auch wenn sie jetzt so tut, als wolle sie keine«, sagte Vater.

Wir schweigen. Die Seele weilt noch in Teheran, in unserer häßlich-schönen, ruhelosen Millionenstadt, die wir lieben. Was sollen wir in diesem Kaff, wohin der Bus uns gerade fährt? Darmstadt. Nicht einmal eine halbe Million Einwohner, kein Fluß, kein Berg. Was soll aus uns werden hier? Ich habe bereits Heimweh, drehe mich um zu Maxi und weiß sofort, ihm geht es nicht anders. Außer Aroma kennen wir niemanden hier. Ob es uns gelingt, hier Fuß zu fassen? Wir sind anders als die anderen. Für das Anderssein gibt es hier keine Pluspunkte.

In Teheran ging es aber auch nicht weiter mit uns. Was sollte aus unseren Träumen werden? Nicht daß man Träume in Teheran nicht verwirklichen könnte. Für meinen Traum aber gab es keinen Raum dort. Zumindest nicht in absehbarer Zukunft. Das Singen in der Öffentlichkeit ist den Frauen untersagt, und ich singe doch für mein Leben gern. »Deine Stimme ist schön, Mädchen«, sagte Herr Aslan zu mir, »es ist aber nicht alles, du legst etwas von dir hinein, und das macht dich einzigartig. Hier wirst du verkümmern, fahr in dein Mutterland und sing, dann können wir dich auch hier hören.«

Ich schaue aus dem Fenster, mein Blick gleitet über die nassen Bäume, die am fahrenden Bus vorbeirasen. Du, Darmstadt, breite deine Arme aus, wir kommen, und wir wollen alles, denke ich und schmunzle.

Aroma wartet am Luisenplatz. Es fällt mir auf, wie zerbrechlich sie unter ihrem bunten Regenschirm aussieht. Wie immer ist sie gut gekleidet, und der Hut fehlt natürlich nicht. Auch in Teheran versteckte sie ihre Haare unter einem Hut, an die Kopftuchregel hielt sie sich nie. Niemand wollte aber eine alte deutsche Frau zurechtweisen, die ihre Haare unter einem Hut versteckte anstelle eines Kopftuchs. In meinem Land spielen die Regeln eine zweitrangige Rolle, dort gilt die Logik des Einzelfalls. Eine sympathische Art von Anarchie, solange man davon profitiert.

Aroma begrüßt uns: »Willkommen, Kinder. Wie war euer Flug?« fragt sie aufgeregt.

»Aroma, meine kleine Aroma«, ich falle ihr um den Hals und küsse sie abermals. »Du siehst müde aus. Entschuldige bitte, daß du so früh aufstehen mußtest.«

Aroma zieht sich sachte zurück. Körperliche Nähe ist ihr fremd, geradezu peinlich.

»Nicht so stürmisch, Kind«, sagt sie und lacht, »ich stehe immer früh auf, ich kann doch nicht schlafen.«

Dann nimmt sie Maxi in den Arm. »Kommt, wir fahren nach Hause«, sagt sie, und wir laufen zum Taxistand.

Das Zuhause ist eine kleine Zweizimmerwohnung in der Liebfrauenstraße. Aroma besitzt alles, was man so zum Leben braucht. Auf das Dekorative verzichtet sie gänzlich. Nur der Perserteppich und das Klavier tanzen aus der Reihe. Es ist ein bescheidenes Leben in einem bescheidenen Viertel.

Wir schleppen unsere Koffer in den Flur und ziehen die Mäntel aus. Schon ist der kleine Flur überfüllt. Wir sind häufig hier gewesen, auch mit den Eltern. Zu fünft haben wir dann ein paar Wochen lang hier gewohnt. Es war aber ein anderes Gefühl. Die Enge hat uns nicht weiter gestört. Wir waren kaum zu Hause. Nachts haben wir unsere Schlafsäcke im Wohnzimmer ausgerollt und nebeneinander geschlafen. Es war abenteuerlich, und wir wußten, wir waren vorübergehend hier, wir würden nach Hause zurückkehren. Diesmal wollen wir aber hier unsere Zelte aufschlagen, und es ist verdammt eng hier.

Aroma geht in die Küche, um Wasser aufzusetzen. Ich gehe mit.

»Wo sollen wir schlafen?« frage ich sie, die Sauberkeit und die Ordnung in der Küche bewundernd.

»Maxi im Wohnzimmer auf dem Sofa, und für dich habe ich ein Gästebett im Schlafzimmer aufgestellt«, antwortet sie.

Aroma und ich schlafen also in einem Zimmer. Es ist definitiv zu eng. Warum haben wir nicht daran gedacht? frage ich mich.

Nach dem Kaffee bleiben wir am Küchentisch sitzen und erzählen Aroma von den letzten Tagen vor der Abreise. Das Telefon klingelt. Aroma geht dran:

»Ja Schatz, sie sind beide wohlauf. Ja ..., ja ..., ja, doch. ... so so, jetzt bist du endlich allein mit deinem Professor. Mein Gott, muß die Liebe schön sein«, seufzt sie.

Vater und Mutter sprechen mit uns, alles sei in Ordnung, in ein paar Monaten würden sie uns besuchen. Wir sollen auf Aroma achtgeben, sie sei schließlich sehr alt.

Ob ich mit Jakob ein paar Worte wechseln könne, frage ich. Man habe ihm heute extra freigegeben, unsere Abreise sei ihm sehr nahgegangen.

Es war ein tränenloser Abschied. Nur Jakob rieb seine Augen immer wieder. »Ich bin doch nicht aus der Welt, Jakobdjan«, sagte ich zu ihm und unterdrückte meine Tränen.

Ich atme tief ein: »Grüßt ihn schön von mir«, sage ich.

Ich vermisse ihn bereits. »Die Reisenden haben es leichter als die Daheimgebliebenen«, sagte er. Was wird aus ihm werden, dem Daheimgebliebenen, ohne mich?

Wir sind müde. Aroma sagt: »Legt euch ein wenig hin, inzwischen koche ich uns was Leckeres.« Wir pakken aus und geben ihr zuerst die Pistazien. Sie stöhnt, nimmt sie aber mit glänzenden Augen an – Vater hatte recht. Dann geben wir ihr das Geld, das Vater uns für sie mitgegeben hat. Aroma soll nicht für unsere Kosten aufkommen. Auch wir haben von Vater Geld bekommen, eine hübsche Summe. »Nicht daß ihr jedesmal Aroma fragen müßt, wenn ihr etwas braucht. Aber nicht leichtsinnig damit umgehen!« ermahnte er uns.

Der Duft des Linseneintopfs weckt uns. Wir lieben Aromas Linseneintopf mit Wurst.

»Ich werde dick werden hier, Aroma«, sage ich, gierig löffelnd.

»Du bist doch so mager, Engelchen, kannst ruhig ein wenig Speck auf die Rippen vertragen«, erwidert sie.

Nach dem Eintopf werden wir erst richtig müde, und bald darauf legen wir uns wieder hin, in Aromas Bett. Nach hundert Jahren ist es das erste Mal, daß Maxi und ich wieder in einem Bett schlafen. Unter normalen Umständen würde er es nie zulassen. Nach Tante Manas Tod schlief Maxi nie wieder mit jemand anderem in einem Bett. Aber jetzt in der Fremde ist das Verlangen nach Nähe groß.

Am nächsten Morgen wecken mich die Geräusche aus der Küche. Ich richte mich auf. Maxi und Aroma unterhalten sich vergnügt. Ich schaue auf die Uhr, es ist schon elf. Ich habe tief und lang geschlafen. Ich fühle mich frisch, ein neues Leben, eine neue Welt breitet sich vor mir aus. Ich sollte das Beste daraus machen. Ich habe Lust dazu. Abenteuerlust meldet sich in mir. Ich lächle in den Kommodenspiegel vor Aromas Bett und schlüpfe in die Pantoffeln.

Beharkodja ke rawi, aseman hamin rangast – Wohin auch immer du gehst, der Himmel trägt ein und dieselbe Farbe, sagt ein persisches Gedicht. Ich schaue aus dem Fenster. Wenn man es wörtlich nähme, ist der Himmel hier grau. In Teheran wird er wohl blau sein. Ganz bestimmt.

3 Die anfängliche Deutschland-Euphorie läßt allmählich nach. Es ist eng hier. Nicht nur in Aromas Wohnung. Es ist eng hier in Darmstadt, es ist eng hier in Deutschland. Hier beachtet uns niemand. Hier

kennt niemand unseren Vater, den bizarren, bunten Professor Salem. Niemand grüßt uns, niemand bietet uns dieses und jenes an, wenn wir an den Geschäften vorbeigehen. Im Gegenteil, hier und da spüren wir eine gewisse Ablehnung.

Maxi und ich unterhalten uns auf persisch, in unserer Vatersprache, sogar in Aromas Anwesenheit. Als handelte es sich um eine heimliche Abmachung, die Muttersprache zu vermeiden. Manchmal machen wir auch ein Spiel daraus und geben uns als Amerikaner aus.

Das können wir mühelos. Wir sprechen beide perfekt Englisch mit amerikanischem Akzent, das Ergebnis jahrelangen Privatunterrichts. Zuerst war es für Maxi gedacht, ich bekam Wind davon und kündigte gleich an, daß auch ich Englisch lernen wollte. Maxi besitzt nämlich die amerikanische Staatsbürgerschaft – Vater kennt das amerikanische Staatsbürgerschaftsrecht und plante es so, daß Maxi dort zur Welt kommen würde. Das Kind, von dem sie wußten, daß es ein Junge sein würde, sollte sich später frei in der Welt bewegen können, visumfrei. Drei Monate vor dem Geburtstermin flog er mit Mutter zu seinem Cousin nach Seattle. Später legte er großen Wert darauf, daß Maxi perfekt und akzentfrei Amerikanisch sprach. Amerikaner zu sein, ohne die Sprache zu beherrschen, kommt nicht in Frage, pflegte er zu sagen. Also nahmen Maxi und ich gemeinsam Privatunterricht bei Mrs. Margie, der amerikanischen Ehefrau eines Freundes der Familie. Mrs. Margie nahm ihre Aufgabe sehr ernst, vielleicht half ihr der Privatunterricht auch ein wenig über das Heimweh hinweg. Vom ersten Augenblick an sprach sie nur Englisch mit uns, was uns zu Beginn in schiere Verzweiflung stürzte. Allmählich wurden wir aber vertraut mit ihrer Aussprache und mit der Sprache selbst. Mrs. Margie führte uns schrittweise durch die Welt der amerikanischen Literatur und Songs. Wir lasen bei ihr John Updike und Phillip Roth und hörten Bob Dylan und Leonard Cohen. Auch das sei Literatur, sagte sie.

Zu Hause waren amerikanische Videos in der Originalsprache und amerikanische Musik unser täglich Brot. Englisch – also Amerikanisch, denn Mrs. Margies Akzent übernahmen wir voll und ganz – haben wir gründlich gelernt. Kein Vergleich mit unserem Deutsch. Deutsch haben wir nicht systematisch gelernt. Zu Hause wurde sporadisch Deutsch gesprochen. Nur wenn Aroma uns besuchte, dominierte die deutsche Sprache.

Es ist amüsant, uns als Angehörige mal dieser, mal jener Nationalität auszugeben. Das Rollenspiel bereitet uns Vergnügen, und wir wetten darauf, wann und wo wir mit welcher Sprache schlecht behandelt oder freundlich aufgenommen werden. Wir haben eine Geheimsprache dafür entwickelt. Apple heißt freundlich, Lemon unfreundlich. Einmal gingen wir in ein Café und unterhielten uns auf amerikanisch. Als ich die Kellnerin sah, sagte ich Lemon, Maxi sagte Apple.

»Wieso Lemon?« fragte er.

»Weil die Kellnerin weder alt ist noch dynamisch jung«, antwortete ich.

»Was hat das damit zu tun?«

»Na ja, die Alten sind den Amis noch dankbar, und die dynamischen Jungen träumen alle von Amerika«, antwortete ich und wußte gleich, daß ich es irgendwann einmal von Vater aufgeschnappt haben mußte.

Während wir Englisch sprachen und abwechselnd mal Lemon, mal Apple sagten, verging fast eine halbe Stunde, bis die Kellnerin zu uns kam. Wortlos stand sie vor uns mit Notizblock und Kugelschreiber in der Hand. Wir bestellten auf deutsch mit starkem amerikanischem Akzent: »Karottensuppe und Mineralwasser, bitte, zwei Mal.«

»Karottensuppe ist aus«, sagte sie steif. Kein »leider«, kein Lächeln.

Wir nahmen die Karte und studierten sie wieder.

»Ihr müßt euch entscheiden, ich habe meine Zeit nicht gestohlen«, sagte sie grimmig.

Maxi murmelte dann auf persisch: *»Khafescho«* (Halt's Maul!), und ich rief »Lemon! Lemon!, hab ich's nicht gesagt?«

Wochen vergehen. Sachte erforschen wir unsere neue Welt. Urlaub machen in einem fremden Land ist wie Pommes essen, dort aber leben wie Kartoffeln ernten. Du bekommst rauhe Hände davon und verzagst und willst nur noch schlafen gehen vor lauter Müdigkeit.

Wir müssen hier erst die Sprache beherrschen, anders geht es nicht. Ein Jammer, daß Mutter sprachlos war mit uns. Unser schriftliches Deutsch ist eine Katastrophe. Wir kämpfen uns durch den Dschungel der Rechtschreibregeln. Es sollen neue sein, heißt es, mit den alten waren wir auch nicht vertraut. Es liegt ein langer Weg vor uns.

Wir melden uns bei einer Sprachschule an. Das Testergebnis reicht aus für die Mittelstufe. Unser Lehrer heißt Herr Kleinschmidt, ein schüchterner junger Mann. Wir sollen unseren Namen mit großen Buchstaben auf ein Schild schreiben und es vor uns auf den Tisch stellen. Er verzichtet auf das übliche »Sich in der Runde vorstellen« oder die dazugehörigen pädagogischen Spiele, die in letzter Zeit angewandt werden. Das ist nicht sein Ding, sagt er. Nach und nach würden wir schon mitbekommen, wer wer ist und woher er oder sie stammt. »Jedesmal, wenn ich euch etwas frage, stellt euch bitte kurz vor«, sagt er.

Die erste Lektion unseres Lehrbuchs »Wege« heißt »Ankunft und erste Eindrücke«, ein Gedicht eines gewissen Suleman Taufiq ist da abgedruckt:

» ... nur eine Frage und nicht mehr verfolgt mich
wer bist du
wer bist du hier in dieser Stadt, in diesem Land
in dieser neuen Welt«

Herr Kleinschmidt schaut in die Runde, sein Blick bleibt auf meinem Namensschild hängen. Er fordert mich auf: »Frau Salem, richtig? Erzählen Sie uns bitte, wie Sie sich in Ihrer neuen Welt fühlen.« Ich stehe auf. Warum ich als erste, denke ich. Herr Kleinschmidt schmunzelt. Na, warte ab, denke ich.

»Ich, Minima Salem«, sage ich theatralisch und kaue mein Kaugummi heftig, »Tochter eines iranischen Professors und einer deutschen Pianistin, Urenkelin einer ehrgeizigen, resoluten Sprücheklopferin aus Darmstadt, ich weiß auch nicht, wer ich wirklich bin. Was bietet mir diese neue Welt, was kann ich ihr bieten? Die erste Frage beschäftigt mich allerdings viel mehr.«

Die Schüler brechen in Gelächter aus. Herr Kleinschmidt errötet. »Danke, setzen Sie sich, so genau wollten wir es auch nicht wissen«, murmelt er hastig und fragt den nächsten.

Nach dem Unterricht fragt mich Maxi, was ich mir denn dabei gedacht habe, mich so aufzuführen. »Es war oberpeinlich«, sagt er. Es wundert mich. In Teheran konnte er über meine Verrücktheiten lachen.

Maxi macht eine seltsame Entwicklung durch. Mir fällt auf, daß er viel Zeit vorm Spiegel verbringt, daß er enge Hosen trägt und ärmellose T-Shirts, daß er seine Augenbrauen zupft. Nacht für Nacht kommt er später nach Hause. Er zieht sich von Aroma und vor allem von mir zurück, immer mehr. Nach dem Unterricht will er allein losziehen. Wir seien doch keine siamesischen Zwillinge, sagt er, jeder solle sein eigenes Leben führen.

Mein Leben heißt rebellieren gegen die Kleidervorschriften, Moral und Sitten meines Heimatlandes. Ich trage kurze Röcke, enge Jeans, tiefen Ausschnitt. Bloß nicht bürgerlich aussehen. Keine Ballerinas mehr, nur noch hohe Absätze, keine unschuldigen Laura Ashley-Kleider mehr, nur Punkfrau-Image. Ich kaufe mir Ledergürtel und Armbänder mit Nieten, Silberketten und riesig große Silberringe. Ich trage Bein- und Armstulpen und gehäkelte fingerlose Handschuhe. Armstulpen sind ein Muß. Seit ich in Deutschland lebe, ritze ich mir häufiger in den Armen herum. Ich nähe die Stulpen selbst, aus Leder, Samt und Spitze. Ich male meinen Mund kirschrot an und umrande die Augen schwarz. So gehe ich in die Schule. Herr Kleinschmidt schaut mich verächtlich an und grinst. Ich weiß nicht, warum ich glaube, daß er nachts von mir träumt. Vielleicht, weil in seinem Grinsen eine leise Sehnsucht durchschimmert, vielleicht, weil alle schüchternen braven Männer von wilden Frauen träumen.

Maxi und ich haben wenig gemeinsam mit den Schülern der Sprachschule. Die haben andere Sorgen. Es geht um Aufenthaltsgenehmigung, Visumsverlängerung, es geht um tausend Bescheinigungen von diesem und jenem Amt für dieses und jenes Amt. Das schweißt sie zusammen. Maxi und ich bleiben die Außenseiter, die wir schon in unserem Vaterland waren.

In unserem Vaterland lebten wir in einer Scheinwelt. Während draußen junge Leute das machten, was junge Leute überall auf der Welt machen – Sport, Mode, Spaß, Sex, Relaxen, Tanzen, ohne und mit Alkohol und Pillen –, musizierten wir mit unseren Eltern, trieben Sport mit ihnen, gingen ins Kino mit ihnen, fuhren mit ihnen ins Ausland, besuchten ihre Freunde mit ihnen. Vater wollte uns nicht an dem Doppelleben der jungen Iraner teilnehmen lassen: draußen auf der Straße islamisch sein, drinnen in den Häusern westlich, draußen folgsam, drinnen aufsässig. Es würde uns aus dem Gleichgewicht bringen, sagte er. »Lieber verlorene Jugend als verdorbene«, sagte er.

4 Es herrscht ein reges Kommen und Gehen. Die Reihen sind voll, hier und da sind ein paar Stühle frei, sie werden aber strengstens bewacht. Die seien besetzt, heißt es. Ein Ehepaar empört sich. »Wie besetzt? Wir

sehen aber niemanden.« Es seien reservierte Sitze für Freunde. »Hier ist aber keine Moschee, Sie können doch nicht Plätze reservieren. Wer zuerst kommt, setzt sich eben hin«, sagt der Mann aufgebracht. Es nützt nichts. »Besetzt ist besetzt«, ruft der Besetzer.

Wir, Vater, Mutter und ich, sitzen in der zweiten Reihe. Vater hat das Angebot des Schuldirektors abgelehnt, in der ersten Reihe Platz zu nehmen. Zweite Reihe sei immer die bessere, sagte er. Es ist ein Samstag, Samstage sind gute Tage in Persien. Kein Feiertag, aber im Gegensatz zu hier liebt man ihn, den Wochenbeginn. Neue Woche, neues Glück. Maxis Theaterschule hat zu einer Aufführung eingeladen. Anlaß ist das Ende des Schuljahrs, der Beginn der Sommerferien. Schüler und ihre Angehörigen sind eingeladen. Maxi probte monatelang. Er wollte uns nicht verraten, was geprobt wurde, noch welche Rolle ihm zugeteilt worden war. »Laßt euch überraschen«, sagte er.

Ich sitze gespannt neben Vater und fixiere den roten Samtvorhang, der sich in dem schwachen Wind des Deckenventilators leise bewegt. Die Vorstellung sollte um acht Uhr beginnen, es ist schon zwanzig nach. Die Zuschauer sind ungeduldig, klatschen und pfeifen. Endlich erscheint der Schuldirektor auf der Bühne. Er entschuldigt sich für die Verspätung und hält eine kurze Rede – es handle sich um ein Stück, verfaßt von dem begabten Gymnasialschüler Hossein Ebadi. Man wolle ihm die Chance geben, sein Talent zu beweisen. Zuschauer klatschen, Hossein Ebadi kommt auf die Bühne und danach auch Herr Roschanaie, Literaturlehrer und Regisseur in einem. Ein paar Nettigkeiten werden ausgetauscht, Hände werden gedrückt, und dann ist es soweit. Die Lichter gehen aus, der Vorhang wird langsam zur Seite gezogen, die Scheinwerfer beleuchten die Bühne.

Die Bühne zeigt eine Wohnküche. Ein Mann sitzt am Tisch und liest die Zeitung. Eine Frau in langem, hellgrünem Blumenkleid und mit dunkelgrünem Kopftuch steht mit dem Rücken zum Publikum am Herd. Schwanensee ertönt aus den Lautsprechern. Die Frau stellt sich auf die Zehenspitzen, hebt ihre Hände über den Kopf und bewegt sich biegsam wie eine Ballerina, setzt dann die Fersen wieder auf und rührt hastig im Kochtopf. Gelächter im Publikum.

»Was gibt's zu essen?« fragt der Mann murmelnd, kurz von der Zeitung aufblickend und kopfschüttelnd.

»*Zereschkpollo ba morgh*«, Berberitzenreis mit Hühnerfleisch, antwortet die Frau.

»Schon wieder?« fragt der Mann etwas genervt.

»Ich denke, du magst es«, sagt sie sanft, macht eine zarte Drehung, und in diesem Moment steht sie mit dem Gesicht zu den Zuschauern. Ein gellendes Lachen schallt durch den Raum. Es ist Maxi mit roten Lippen und stark geschminkten Augen. Vater sieht fahrig abwechselnd zu Mutter und zu mir her.

So war es also, Maxi wollte uns mit seiner Frauenrolle überraschen. Alle seine Schulkameraden hatten bereits Bartwuchs, nur Maxis Haut war noch glatt wie die eines jungen Mädchens. Kein Wunder, daß ihm diese Rolle zugefallen war. Vater bewegt sich unruhig auf seinem Stuhl hin und her.

Es war ein mutiges Zweipersonenstück, ein zaghafter Versuch zum Thema Gleichberechtigung in Gestalt einer Komödie. Freilich mußte der Autor seine Idee in Metaphern verpacken. Sie wurde verstanden. Maxi war großartig, er war glaubhaft; als wäre er wirklich eine Frau; wie er lachte, weinte, tanzte. Während ich applaudierte, überlegte ich mir, wie ich ihn später wegen seiner rotgemalten Lippen aufziehen würde, und klatschte weiter, bis meine Hände schmerzten. Dreizehnmal ging der Vorhang auf. Ich zählte voller Begeisterung mit.

Auf dem Nachhauseweg schwieg Vater. Mutter sagte nur, daß es Maxi wirklich gelungen sei, uns zu überraschen. Ich löcherte Maxi mit tausend Fragen.

In den Tagen danach registrierten wir, daß Mutter und Vater sich häufig in ihrem Zimmer einschlossen. Etwas war im Gange, zweifellos. Eine Woche später kündigte Vater an, daß wir nicht mehr in die Schule gehen würden.

»Was, wir sollen nicht mehr in die Schule gehen? Aber warum denn?« fragte ich bestürzt.

»Ab nächstes Jahr bekommt ihr Privatunterricht.«

»Aber warum?« fragte ich jammernd.

»Es ist halt so entschieden, Minima«, sagte Vater steif, und ich wußte sofort, daß es keinen Sinn hatte, weiter zu drängen. Maxi blieb ruhig, als hätte er gewußt, daß es so kommen würde. Ich sah ihn verärgert an.

Die Ära des Privatunterrichts begann. Wir waren bereits geübt darin: Englisch bei Frau Margie, Computerunterricht bei Herrn Asadi, Gesangs- und Musikunterricht bei Herrn Aslan und Ballettunterricht bei Madame Jelena. Maxi hatte darum gekämpft, am

Ballettunterricht teilzunehmen. Es blieb ihm untersagt. »Wie, du willst Ballett lernen? Wie stellst du dir das vor?« fragte ihn Vater erstaunt. »Genau wie zum Beispiel Nurejew es sich vorgestellt hat«, antwortete Maxi. »Nein, nein, mein Lieber, das sind Ausnahmen. Das ist nichts für einen jungen Iraner«, sagte Vater. Wahrscheinlich wußte er selber nicht, warum Ballett nichts für einen jungen Iraner sein sollte. Maxi beharrte nicht darauf, und Vater glaubte, die Sache sei ausgestanden.

Ich zeigte Maxi aber alles, wenn ich von Madame Jelena zurückkam. Jeden Schritt, jede noch so kleine Dehnung und Drehung zeigte ich ihm, und wir übten zusammen. Ich war keine schlechte Lehrerin, wie sich an jenem Theaterabend herausstellte.

Den Schulstoff lernten Maxi und ich gemeinsam. Der Altersunterschied war nicht von Belang. Vater entwarf den Unterrichtsplan und stellte uns seine Bibliothek zur Verfügung. Am wenigsten lerne man in der Schule, sagte er, am meisten aus Büchern. Wir mußten viel lesen: Literatur, Philosophie, Psychologie, und zwar Bücher, die nicht in der Schule gelesen wurden. Dazu brachten uns unsere Privatlehrer den gängigen Unterrichtsstoff bei, so daß wir an den jährlichen offiziellen Examen teilnehmen konnten. Wir bestanden sie alle mit überdurchschnittlichen Noten. Vater sah sich in seinem Plan bestätigt.

Nebenbei gab es tausend andere Dinge, die Maxi und ich ausprobierten, darunter beinah alle Sportarten. Vater wollte vermeiden, daß wir uns langweilten. Nur sollten wir auf keinen Fall mit den Sittenwächtern in Konflikt geraten. Überall wurden wir hingefahren und wieder abgeholt, von ihm selbst oder von Herrn Resaie, unserem Fahrer.

Alles, was Maxi tat, wollte ich auch tun. Nur bei Karate mochte Vater zuerst nicht zustimmen. Aroma überzeugte ihn am Telefon, daß heutzutage Selbstverteidigung für Frauen ein Muß sei, und ich zog nach. Es gab aber auch diesen Nähkurs, den nur ich besuchte, obwohl Maxi gern daran teilgenommen hätte. Vater errötete: »Nähen ist nicht Männersache«, sagte er zu ihm. »Warum denn nicht, ein Mann, der kochen und nähen kann, ist autonom«, erwiderte Maxi prompt. Vater ließ es dennoch nicht zu, davon abgesehen, daß es in den Sommermonaten keine Nähkurse für Jungs gab, und an den Mädchenkursen durfte er mit fünfzehn nicht mehr teilnehmen.

Wir blieben also unter uns. Außenseiter pur. Nur, daß es eine angenehme Spielart war. Wir waren die sonderbaren Kinder der sonderbaren Familie Salem. Uns stand die Welt offen mit unseren deutschen Pässen in der Tasche. Unsere Altersgenossen träumten von Europa und Amerika, wir fuhren regelmäßig hin. Mich machte das Anderssein überheblich. Ich genügte mir selbst, brauchte niemanden. Tala, die Nichte von Frau Lotfi, war meine einzige Freundin, die mich gelegentlich besuchen kam, und sie langweilte mich mit der Zeit. Wir lebten nicht in derselben Welt, so schien es mir. Meine empfand ich als bedeutsamer. Genaugenommen empfand ich ihre Welt als hohl. Ich spielte Schostakowitsch, sie hörte geistlose neupersische Tanzmusik aus L.A. Ich konnte Nietzsche und Marx zitieren, dank Vaters Bibliothek, sie wußte nicht einmal, wer sie waren. Sie schminkte sich bunt, ich blieb blaß, sie trug schulterfreie Tops unter ihrem Mantel, ich langarmige Laura Ashley-Kleider. Sie ist wie all die anderen, dachte ich, ich stehe über diesen Dingen. So machte ich mir mein Leben annehmbar.

Seltsam, daß mir nie in den Sinn kam, Maxi zu fragen, wie er dieses Außenseiter-Dasein empfand. Ob auch er es annehmbar fand. Maxi ließ sich nie etwas anmerken, deshalb ging ich davon aus, er sei zufrieden mit dem, wie es war.

Erst in Deutschland erwachte der Drang danach, zu rebellieren, erst als wir merkten, wie bunt und vielfältig das Leben sein kann, das uns bisher vorenthalten worden war.

Hier sind wir nach dem Gesetz deutsche Staatsangehörige, wir leben bei unserer deutschen Urgroßmutter. Wir brauchen nirgendwo eine Bescheinigung vorzulegen. Höchstens uns selbst. Eine Bescheinigung darüber, daß wir unser Leben in unserer freizügigen neuen Welt meistern können. Wir können aber nicht. Wir sind dem grellen Licht der Versuchungen ausgesetzt. Uns droht die Erblindung. Vaters schützender Schatten fehlt uns. Aroma ist zu alt, um Schatten zu werfen.

Aroma wundert sich, daß wir uns geradezu ausschließlich mit unserem Äußeren beschäftigen. Sie erzählt den Eltern aber nichts davon. Keine Moralpredigten, keine Ermahnungen. Sie überrascht mich. Nur einmal bekomme ich ein Telefongespräch mit. Sie plaudert mit Mutter. »Ja«, sagt sie, »vielleicht war es ein Fehler, die Kinder herzuholen. Ob sie Maß halten können? Weißt du noch, Sagi, Onkel Yamuts Hund?« lacht sie. »Ich muß immer wieder an ihn denken.«

Wie kommt sie jetzt auf Onkel Yamuts Hund? denke ich. Will sie etwa Maxi und mich mit Sagi vergleichen? Daß sie sich überhaupt noch an ihn erinnert. Gott, sie hat aber auch ein Elefantengedächtnis.

5 Onkel Yamuts Hund sei der elendste Hund der Welt, sagte Vater spöttisch, zuerst in Abwesenheit von Onkel Yamut, später auch in seiner Gegenwart. Onkel Yamut lachte herzhaft auf seine Weise. Wie ein Ball, sagte Maxi, der die Treppe hinunterhüpft: Ha ... Ha ... Ha ...

Herr Yamut, den wir liebevoll Onkel Yamut nannten, wohnte in unserer Straße. Ein älterer, alleinstehender Herr. Ein Büchernarr, sanft, rücksichtsvoll, bescheiden. Seine Frau war vor langer Zeit gestorben. Die Ehe war kinderlos geblieben. Trotz aller Ermunterung durch ihm nahestehende Menschen hatte er nicht wieder geheiratet. Er lebte allein in seinem recht großen Haus und erledigte seinen Haushalt selber. Nur einmal pro Woche kam ihm eine Putzfrau zu Hilfe. Vater und Onkel Yamut mochten einander. Daß wir ihn Onkel nannten, war ein Zeichen ihrer Freundschaft. Er besuchte Vater dann und wann, und sie unterhielten sich über Bücher und philosophierten über Gott und die Welt. Onkel Yamut besaß Bücher, die nicht in jeder Bibliothek zu finden waren. Auch Mutter mochte ihn. Er beruhige sie mit seiner sanften Art, sagte sie. In seinem Haus waren wir aber nie. Er lud uns nicht ein. Maxi und ich klingelten manchmal bei ihm, er machte nie auf. Vater nahm ihn deshalb auf den Arm: »Du willst, daß wir deine neue Frau nicht sehen, mein Lieber, gib es doch zu«, und Onkel Yamut lachte dann: Ha ... Ha ... Ha ...

Onkel Yamut hatte eine große Leidenschaft: seinen Obstgarten in Damawand, einem grünen Dorf in der Nähe Teherans. Dorthin lud er uns immer wieder ein. In Sommermonaten, an Feiertagen, bei jeder Gelegenheit. Wir liebten den Damawand-Garten und die Fahrt dorthin, für die Vater extra den Landrover aus der Garage holte. Wir liebten das große grüne Eisentor zum Garten, das einfache Haus hinter den Obstbäumen am Ende des Gartens und vor allem den Swimmingpool. Bei diesen Ausflügen nahmen wir auch Jakob mit. Narges blieb lieber zu Hause. »Das Haus darf nicht unbeaufsichtigt bleiben«, redete sie sich heraus. Narges und Jakob zusammen in einem engen Raum, das hätte ohnehin Streit gegeben. So ließen wir Narges in Ruhe. Sie bereitete aber unseren Ausflug vor. Am Vortag kochte sie extra für Damawand und packte Teller, Gläser, Besteck, Getränke, Obst und Süßigkeiten und was man sonst für einen Ausflug braucht, zusammen.

Wir Kinder durften uns in Onkel Yamuts Garten austoben, suhlten uns im Wasser, im Matsch, im Schnee, was auch immer sich auf dem Boden befand. Es gab viel zu entdecken: Vögel, Frösche, Schmetterlinge, Würmer, herrenlose Katzen ...

Wenn wir dort ankamen, kehrte Jakob zuerst die Veranda. In den Sommermonaten breitete er den Teppich auf der Holzbank aus, in den kalten Jahreszeiten auf dem Boden im großen Zimmer auf der linken Seite, und setzte den Samowar in der schmalen Küche daneben in Betrieb. Maxi und ich saßen brav bei den Erwachsenen und lauschten dem Summen des Samowars. Wir tranken unseren Tee und lauerten nur auf den Augenblick, wenn Vater sagte: »Gut, jeder macht sich nun selbständig.« Kaum war dies ausgesprochen, sprangen Maxi und ich auf und rannten in den Garten. Die Eltern unternahmen lange Spaziergänge, während Onkel Yamut die Bäume untersuchte und sich mit dem Gärtner, der dazugekommen war, unterhielt. Er verbrachte aber auch viel Zeit mit Maxi und mir. Er erzählte uns Geschichten aus Tausendundeinernacht, schwamm mit uns um die Wette und spielte Versteck mit uns.

Solange Onkel Yamut gesund war, verbrachte er die Sommermonate in seinem Obstgarten, manchmal überwinterte er auch dort.

Später, als er gebrechlich wurde, fuhr er nur donnerstags hin und am nächsten Tag wieder zurück. »Die Leidenschaft läßt allmählich nach«, sagte Vater, »das ist kein gutes Zeichen.« Am Ende wurden unsere Besuche in Damawand immer seltener, hin und wieder fuhren wir freitags gemeinsam mit ihm dorthin und nahmen ihn abends im Auto mit zurück.

Auch Aroma war einige Male in Damawand gewesen. Sie verstanden sich gut, Aroma und Onkel Yamut. Sie unterhielten sich stundenlang in englischer Sprache. Erstaunlicherweise sprach Aroma mit Onkel Yamut über das Dritte Reich. Sonst vermied sie das Thema. «Laßt mich damit in Ruhe«, sagte sie immer. Mit Onkel Yamut sprach sie darüber, als hätte sie in einer fremden Sprache die nötige Distanz, um davon reden zu können. Der Mann habe Herz und Verstand, sagte sie. Um so erstaunter war sie deshalb, als sie von Onkel Yamuts Hund hörte.

Bei einem unserer Besuche in Damawand entdeckten wir einen Hund in Onkel Yamuts Obstgarten. Davon hatte er uns nicht erzählt. Alle möglichen Tiere lebten in seinem Garten, aber kein Hund. Er sei ihm zugelaufen, sagte er. Der Hund habe vor dem Tor gesessen und sich nicht vom Fleck gerührt. Alle Versuche, ihn wegzujagen, waren fehlgeschlagen. Er sei nur ein paar Schritte gelaufen und wimmernd wieder zurückgekommen. Er habe keinen Hund gewollt. Einen Hund zu haben bedeute Verantwortung zu übernehmen. Hunde sind nicht zu vergleichen mit Katzen. Katzen seien Selbstversorger, sagte er. Aber dieser Hund sei nicht fortzujagen gewesen. Also habe er ihn hereingelassen. Es war ein graugelber, magerer Hund. Wir verliebten uns gleich in ihn. »Wie heißt er?« wollten wir wissen. ›Sag‹ heißt er, er braucht keinen Namen.« Also auf persisch einfach Hund. Es gefiel uns ganz und gar nicht. So riefen wir ihn wenigstens Sagi und bildeten uns ein, daß es ihm so besser gefiel. Sagi hatte ein leidendes Gesicht, ein flehendes, etwas in seinen Augen litt fortwährend. Er war liebebedürftig, man konnte ihn endlos streicheln, und er wurde es nicht leid.

Als wir zurückfahren wollten, band ihn Onkel Yamut an einen Baum und stellte ihm zwei Plastikeimer hin, einen mit Wasser gefüllt, den anderen mit Futter. Vater fragte erstaunt, was das zu bedeuten habe, warum Sagi nicht frei herumlaufen dürfe. Er würde über die niedrige Mauer springen, hieß es. »Jetzt, da er zu mir gefunden hat«, sagte Onkel Yamut, »soll er auch dableiben.«

»Ja, und soviel Futter auf einmal?«

Es sei für zwei Wochen, antwortete er.

»Wie, für zwei Wochen, das ist nicht dein Ernst?«

«Doch, es reicht für zwei Wochen.«

»Aber der Hund kann sich doch das Essen nicht einteilen, der wird alles auf einmal fressen, und danach leidet er Hunger und Durst.«

»Nein, nein, er wird immer soviel fressen und trinken, wie er Hunger und Durst hat«, sagte Onkel Yamut.

Vater schüttelte den Kopf und sagte nichts mehr.

Es ließ ihn aber nicht in Ruhe. Onkel Yamuts Hund sei der elendeste Hund der Welt, sagte er immer wieder. Maxi und ich rätselten lange darüber, wer wohl recht hatte. Frißt der Hund wirklich nur, bis er satt ist, also rationiert er sein Futter für zwei Wochen? Kann er so weit denken? Oder frißt er alles auf einmal und hungert und durstet den Rest der Zeit. Vielleicht hungert und durstet er auch nach Liebe, dachte ich.

Sagi riß aus. Das Seil sei noch am Baum befestigt gewesen, berichtete Onkel Yamut einige Tage darauf, die zerrissene Schlinge schaukelte leer im Wind. Vater bemerkte nur, es sei sonnenklar gewesen, daß der Hund davonlaufen würde. Aber zu unserer Verwunderung spottete er nicht.

Zwei Jahre später starb Onkel Yamut an seinem Krebsleiden. Mit der Zeit vergaßen wir den Obstgarten in Damawand und Sagi auch.

6 »Das soll den Sittenwächtern und den Eltern zu denken geben«, sagt Aroma. Irgendwann einmal suche sich das glimmende Feuer einen Weg und flamme auf. »Tobt euch nur aus, bald werdet ihr doch zur Vernunft kommen«, beruhigt sie sich selbst. Wir kommen nicht zur Vernunft. Ich fange auch an zu rauchen. Aroma ist entsetzt. Maxi bleibt clean. Im Gegenteil, er geht auf Gesundheitstrip, kauft in Bioläden ein, raucht nicht, trinkt nicht. Aroma sagt, wir hätten die Rollen vertauscht, er sei feminin geworden, ich maskulin. Mir gefällt das, das Maskulinsein, es vermittelt ein Gefühl der Stärke.

Da sind wir seit sieben Monaten in Darmstadt. Waren wir vorher an einem Seil festgebunden wie Sagi, oder sind wir es erst jetzt?

Ich spiele nicht mehr Klavier, singe nicht mehr, hänge nur noch in Cafés ab. *Chaos*, *Bellevue*, *Centralstation* sind mein Zuhause geworden. Morgens Sprachschule, nachmittags bummeln, mal da, mal dort rumsitzen und nachts auf Erkundungsreisen gehen: »*The continent of Europe is so wide, mein Herr ...*«

Jerzy, der polnische Mitschüler, verliebt sich in mich. Von Liebe und Verliebtsein weiß ich noch nichts. Ich bin zwar mit verliebten Eltern aufgewachsen, habe aber selber keine Ahnung davon. Was ist das für ein Gefühl, die Liebe? In Teheran hatte ich keine Zeit dafür oder keine Gelegenheit. Ein lebensgroßes Poster von Leonardo diCaprio schmückte mein Zimmer, der junge CD-Verkäufer im Tadjrisch-Bazar, der Brad Pitt ähnlich sah und in den Frau Lotfis Nichte Tala verliebt war, verursachte auch mir Bauchkribbeln, es waren aber nur Mädchenschwärmereien. Tala erzählte mir hin und wieder ausführlich von ihren Kußgeschichten mit Nachbarjungs. Ich hörte mit Spannung zu, nachts träumte ich von dem gesichtslosen Mann, der mich leidenschaftlich küßte. Sind Liebe und Leidenschaft gleichzusetzen? Gibt es Liebe ohne Leidenschaft, Leidenschaft ohne Liebe? Keine Ahnung. Das Land der Liebe war mir noch weniger bekannt als Deutschland.

Ich gehe mit Jerzy ins Kino. Während ich auf die Leinwand schaue, starrt er mein Profil an. Ich gehe mit Jerzy essen, während ich gierig alles herunterschlinge, spielt er mit seinem Besteck. Ich gehe mit Jerzy in die Kneipe. Während ich in alle Richtungen schaue, nur nicht in seine, nimmt er seinen Blick nicht von mir. Die Liebe hat ihn erwischt, während ich ihr entkommen bin. Jerzy leidet sichtbar darunter. Das will ich nicht. Als er mich einmal nach Hause fährt, küsse ich ihn zum Abschied. Es fühlt sich gut an, seine warmen feuchten Lippen. Ich küsse ihn, mehr und noch mehr, und frage ihn, ob wir die Nacht nicht zusammen verbringen wollen. Er lehnt es ab. Er liebt mich, will nicht zur Lustbefriedigung dienen, sagt er und fährt weg. Der Romantiker, eine Nummer zu groß für mich, denke ich. Ein paar Tage bin ich verwirrt. Frage Aroma, was sie über Liebe weiß. »Was weiß ich schon davon, Kind, vielleicht gibt es die nur in Büchern und Filmen«, sagt sie. Man rede sich nur etwas ein, mehr sei es vermutlich nicht. Jedenfalls könne man sie nicht erzwingen, was auch immer sie sein möge. »Entweder ist sie da oder nicht. Das merkst du von alleine«, sagt sie. Ich bin beruhigt. Nicht daß die Liebe an meine Tür klopft, und ich mache nicht auf.

Ich gehe Jerzy aus dem Weg. Vielleicht liebt er mich

wirklich, und ich will ihm keine falschen Hoffnungen machen. Als ich die Sprachschule verlasse, weil Herr Kleinschmidt mir auch nicht mehr beibringen kann als die Bücher, schenkt mir Jerzy zum Abschied eine Silberkette mit Anhänger. Ich bin mir nicht sicher, ob ich sie annehmen darf. Jerzy steht da und hält die Kette in der Hand. Ich schaue ihm in die Augen und weiß sofort, was zu tun ist. Ich umarme ihn und streichle seine Wange. Dann nehme ich die Kette und lege sie gleich um. Der Anhänger besteht aus einem silbernen Herzen, zweigeteilt in der Mitte, mit glitzernden Swarovski-Kristallen.

Als Maxi uns verläßt, schenke ich die Kette mit dem zweigeteilten Herzen ihm.

7 Es ist ein verregneter Sonntagnachmittag. Am Morgen haben Maxi und ich Aroma zur Michaeliskirche begleitet, was wir bis dahin nie getan hatten, obwohl Aroma uns ein paarmal darum gebeten hatte. Es sei das Haus Gottes, offen für alle, egal, welche Religion man hat, sagte sie. Wir wollten nichts davon wissen. Es war Maxi, der vorschlug, mitzugehen. Ich stimmte gleich zu. Aroma war angenehm überrascht. Stolz nahm sie uns mit und stellte uns jedem vor, der mal kurz Guten Tag sagte.

Aroma hat Zwetschgenkuchen gebacken. Während ich die weiße Tischdecke ausbreite, das gute Porzellan aus dem Wandschrank hole und die Kerzen anzünde, steht Maxi am Fenster und schaut ununterbrochen auf die Straße. Es ist ein trostloses Wetter, die Straße noch trostloser. Was beobachtet er da so eindringlich? Wo ist er mit seinen Gedanken? Ich habe Kaffee gekocht und Sahne geschlagen. Bis Aroma mit dem Kuchen aus der Küche kommt, setze ich mich ans Klavier und spiele Chopin. Maxi liebt Chopin. Er rührt sich nicht vom Fleck. Aroma bringt den Kuchen. »Na endlich, der ›Willi‹ kommt wieder zum Einsatz«, sagt sie fröhlich und streicht dem Klavier liebevoll über die Tasten. »Weil es ein schöner Sonntag ist, trotz dem Regen«, sage ich.

»Trotz des Regens, Herr Kleinschmidt läßt grüßen«, korrigiert mich Maxi.

»Ach der«, sage ich, und wir setzen uns an den Tisch.

Maxi schaufelt zwei Stück Kuchen gleichzeitig auf seinen Teller und deckt sie mit Sahne ein. Ich beobachte ihn unauffällig. Etwas stimmt nicht mit ihm. Ich spüre es. Er ist nervös. Aroma erzählt von der Enkelin einer Bekannten. »Die im grünen Kostüm in der zweiten Reihe, erinnert ihr euch?« fragt sie. »Ja, ihre Enkelin studiert in Frankfurt und erwartet ein Kind. Der Verlobte hat sie aber sitzenlassen«, erzählt sie. »Die Arme, sie muß sehr enttäuscht sein«, sage ich. »Ja, sie hält sich aber tapfer«, sagt Aroma, »was bleibt ihr übrig? Heutzutage ist das halt so, ein Hallo, ein Lächeln, und schon haben sich zwei gefunden. Und kaum sind sie zusammen, gehen sie auch schon auseinander.« Wie gewonnen, so zerronnen, sagt sie noch.

»Nur in Märchen und in der hr 1-Werbung ist die

Welt noch in Ordnung. Kennt ihr die Susi-Werbung?« frage ich.

»Ja, was für ein Quatsch!« sagt Aroma und macht die Werbung wortwörtlich nach: »Hallo/Hallo/Ich bin der Klaus./Die Susi./Willst du mich heiraten?/Ja/ Kinder?/Zwei./Mmmmmchch.../Mmmmmchch...« Aroma spitzt den Mund, und ich falle vor Lachen unter den Tisch. Auch Maxi, der bis dahin teilnahmslos zugehört hat, kann sich nicht beherrschen.

»Daß man so was Absurdes in Radio bringt?« sagt Aroma kopfschüttelnd.

»Wieso? Du lachst doch, das ist der Sinn der Sache«, sage ich. »Stell dir mal vor, man würde wirklich den Vater oder die Mutter seiner Kinder so einfach finden.«

»Dann wärt ihr nicht auf der Welt«, sagt Aroma, »... denn ich hätte den Otto geheiratet.« Sie macht eine Pause, wird nachdenklich und fährt wieder fort: »und hätte ein anderes Kind gekriegt, ein anderes Leben, ein anderes Schicksal ...«

Ich bin froh, daß Aroma den Otto nicht geheiratet hat. Wer war dieser Otto überhaupt. Ich mag sie nicht fragen. Wartet sie darauf, daß ich sie frage? Ich weiß es nicht. Man verpaßt viel im Leben, weil man den Mund nicht aufmacht im richtigen Moment. Irgendwann mal werde ich sie aber danach fragen. Vielleicht wird ihr Otto mir so sympathisch, daß ich aufrichtig bedauere, daß sie ihn nicht geheiratet hat, selbst wenn es mich dann nicht geben würde, denke ich.

Ich überlege, was für ein Mädchen oder Junge herausgekommen wäre anstelle von Maxi und mir, und spreche es aus. Das Gedankenspiel bereitet uns Vergnügen, ist aber ermüdend. Aroma will nichts mehr davon wissen.

Ich räume ab. »Ein Likörchen?« fragt Aroma. Ich hole die Gläser aus dem Schrank, und wir machen es uns auf dem Sofa bequem. Wenn nur Maxi nicht so komisch wäre. Aroma will gerade noch eine Anekdote erzählen, als Maxi sie unterbricht:

»Aroma, ich muß hier raus«, kommt es wie geschossen aus seinem Mund. »Scheiß Wetter ...«, sagt er dann und blickt wieder zum Fenster, »nichts gegen Deutschland, trotz des schlechten Wetters«, betont er die richtige Grammatik, »aber ich sehe mich nicht hier.«

Warum muß er ausgerechnet jetzt damit kommen, denke ich, es ist ein so harmonisches Beisammensein heute. Warum hat er kein Taktgefühl, der Idiot, denke ich.

»Ich gehe nach L. A. ... hab einen Amerikaner kennengelernt. Der wird mir helfen, dort Fuß zu fassen«, sagt er.

Mein Atem stockt.

Schließlich sei er Amerikaner, fährt er fort, er komme mit den Deutschen nicht klar. »Ich meine nicht privat. Ich kenne schon eine Menge toller Leute hier – aufgeschlossen und interessiert. Das ist nicht das Problem. Ich meine das Straßenbild – den humorlosen Umgang miteinander, die gnadenlose Sachlichkeit, die vollkommene Abwesenheit des Lächelns. Da draußen mißtrauen sie allem, was fremd ist. So nach dem Motto: Deutschland den Deutschen. Hier bin ich schlicht und einfach nicht willkommen. Tagtäglich läßt man mich das spüren. Deutschland wird mir keine Perspektive bieten, da bin ich mir sicher. Es kommt mir vor, als herrsche noch oder wieder so eine ›Kurtmann-Mentalität‹«, sprudelt es geradezu aus ihm heraus.

Herr Kurtmann war ein Freund unseres Großvaters, ein deutscher Gutachter im Dienst der iranischen Behörden. Er lief immer mit einem schäbigen Hut herum, erzählte Vater einmal. Eines Tages hätte Großvater Mut gefaßt und ihn gefragt, warum er sich denn keinen neuen Hut kaufe. Herr Kurtmann hätte geantwortet, daß er seine Rückkehr in die Heimat abwarte. Das Geld, das er für einen Hut ausgeben wolle, solle der Wirtschaft seiner Heimat zugute kommen, hätte er gesagt. Soviel Patriotismus hatte Großvater stark beeindruckt. Vater dagegen fand diese Haltung verantwortungslos gegenüber den wirtschaftlich schwächeren Ländern.

Aroma sagt kein Wort. Ich sage: »Die Deutschen sind ehrlich, Maxi, wir Iraner täuschen hin und wieder Freundlichkeit vor, nehmen Rücksicht, weil jemand älter ist oder jünger, weil er arm ist, weil er reich ist, weil er krank ist, weil er gesund ist, aber krank werden könnte. Was weiß ich, es gibt immer einen Grund, Rücksicht zu nehmen.«

»So what? Ist es denn etwa schlecht, rücksichtsvoll zu sein?« sagt er.

»Ich meine, wir tun häufig Dinge, die wir nicht tun wollen, wir sind zugunsten der andern unehrlich. Hier verhält man sich anders. Hier zeigt man gleich die Ablehnung, während wir Iraner hinterher lästern würden. So gesehen kann man die Deutschen sogar bewundern für ihre grenzenlose Ehrlichkeit.«

»Du überraschst mich, Minni. Wann hast du dir denn das ausgedacht? Soll ich nun Leute bewundern, die grob mit mir umgehen, nur weil sie angeblich ehrlich handeln? Danke, geschenkt. Diese Art Ehrlichkeit gestatte ich allenfalls meinen besten Freunden. Auf der Straße erwarte ich nur ein wenig Freundlichkeit. Echt oder vorgetäuscht, ist mir egal. Ich will ja nicht gleich mit jedem Freundschaft schließen.«

Davon abgesehen, müsse er hier die Sprache erst richtig lernen, sagt er noch, und er habe eigentlich keine Lust dazu.

Aroma bleibt ruhig, widerspricht ihm nicht einmal. Ob es am Alkohol liegt?

»Sie kommt aber plötzlich, deine Entscheidung«, sagt sie nur, »aber du wirst schon wissen, was du tust.« Ob er die Eltern gefragt habe, will sie noch wissen. »Nee, warum denn, bin doch volljährig, sie haben andere Sorgen.« Ihnen sei es schließlich egal, wo er bleibe, Deutschland oder Amerika, sagt er. »Hauptsache, ich mache was aus meinem Leben.«

»Du glaubst, in Amerika bist du willkommen? Wenn sie herausfinden, daß du aus dem ›Schurkenland‹ Iran stammst, bringt dich Mr. Bush persönlich nach Guantánamo«, sage ich spöttisch.

»Übertreib mal nicht, Schwesterchen.«

»Nee, ehrlich, zumindest werden sie dir nicht überall ihr freundliches ›Hi, how are you?‹ zurufen, Bruderherz.«

»Ich heiße Maxima Salem, für die da Mr. ›Seilem‹, in meinem Paß steht geschrieben: geboren in Seattle. Und die Sprache spreche ich nun mal wie die Einheimischen. Keine Bange, ich werde dort nicht als Fremder auffallen«, sagt er.

An alles hat er gedacht, denke ich.

»Ja, und ich? Was soll aus mir werden?« frage ich ihn, zutiefst gekränkt, daß er mich bei seinen Plänen nicht berücksichtigt, ja mich nicht einmal eingeweiht hat. Wir waren doch unzertrennlich.

»Ach, Minni, du kommst schon hier zurecht. Du wolltest singen, das hast du auch Papa erzählt. Tu doch endlich was dafür!«

»Lenk nicht von Thema ab, damit hat es überhaupt nichts zu tun.«

Aroma mischt sich nicht ein, sitzt da und hört nur zu, wie Maxi und ich immer lauter werden. Wieso protestiert sie nicht? Das kannst du nicht machen, Maxi. Du und Minni, ihr habt immer alles zusammen gemacht, du kannst sie jetzt nicht allein lassen. Es war geplant, daß ihr zusammenbleibt, so geht es nicht – oder so. Immer dieses: »Du wirst schon wissen, was du tust.« Nein, verdammt, er weiß es nicht. Warum läßt sie nicht einen ihrer zahllosen Sprüche los? Vielleicht könnte sie Maxi umstimmen. Sie bleibt stumm.

Ich gehe nicht wie geplant ins Kino an diesem Abend, auch Maxi geht nicht fort. Wir sitzen mehr oder weniger schweigend zusammen und schauen einen Tatort im Ersten. In der Nacht liege ich wach im Bett und überlege mir, warum ich so ausgerastet bin. Habe ich geglaubt, Maxi und ich blieben ein Leben lang zusammen? Würde ich das überhaupt wollen?

Mitten in der Nacht stehe ich auf und schleiche mich ins Wohnzimmer. Maxi schläft. Ich lege mich leise zu ihm, rieche an seiner Haut und atme tief ein. Nichts währt ewig, denke ich und schmiege mich an ihn. Maxi wird wach, dreht sich um, öffnet seine Arme und hält mich fest.

8 Aroma und ich leben nebeneinander her. Ihr Leben besteht zweiundfünfzig Wochen im Jahr aus immer dem gleichen: im Morgengrauen aufstehen, den Haushalt auf Vordermann bringen, nähen, ausbessern, einkaufen, Ärzte aufsuchen, Darmstädter Echo bis zur letzten Zeile studieren (wenn das Wetter gut ist, auch mal im Herrengarten), sich Nat King Cole-, Hans Albers-, Johannes Heesters- und Udo Jürgens-Platten anhören, hin und wieder Bekannte empfangen – sie selbst besucht niemanden –, pflichtbewußt jeden Sonntag in die Michaeliskirche gehen, abends fernsehen, davor einnicken, schlafen gehen. Manchmal kaufe ich für sie ein, das ist aber auch alles. Ich bin ihr keine Hilfe. Das hat sie auch nicht erwartet, das braucht sie auch nicht. Es ist großartig, wie Aroma in ihrem Alter alles allein packt.

Mein Leben heißt: vier Wochen im Jahr Teheran, die restlichen achtundvierzig in Darmstadt. Vier Wochen im Jahr für die Eltern dasein, ihnen Lügengeschichten erzählen, vom Studium in der Musikakademie, vom Erfolg, von Angeboten, die ins Haus flattern und von mir nicht beachtet werden, da ich noch das Angebot aller Angebote abwarte, und achtundvierzig Wochen für mich leben. Vier Wochen Good-Girl spielen, achtundvierzig Wochen Bad-Girl sein. Good-Girl zieht sich adrett an, spielt Eltern zuliebe Klavier, versucht den in sich versunkenen Vater aufzurichten, der besorgten Mutter Mut zuzusprechen. Bad-Girl schläft morgens bis in die Puppen, frühstückt in Cafés, schlendert durch die Einkaufshäuser, hängt in Kneipen und Bars ab, raucht, trinkt, schläft mal hier, mal da. Die Männer nimmt sie, wie sie kommen, wahllos. Morgens sperrt sie sich in deren Bädern ein, holt das Rasiermesser aus ihrer Kosmetiktasche und geht ans Werk. Das Blut läuft ihr den Arm herunter in die Wanne, sie malt Figuren darin, schreibt Wörter, schreibt Namen. Sie rufen, wo sie denn so lange bleibe. »Gleich«, sagt sie.

»Wann ist gleich?« fragte sie einmal ihren Vater, als sie klein war. »Wenn einem danach ist«, antwortete er, erstaunt über die Frage. Ihr ist noch nicht danach. Die müssen eben warten.

Aroma beobachtet schweigend mein Leben. Warum sie denn nie etwas sage, frage ich sie einmal.

»Was denn, was soll ich sagen?«

»Bist du denn einverstanden mit meiner Lebensart, und komm bitte jetzt nicht auf die Idee zu sagen, ich werde schon wissen, was ich tue.«

»Na ja, allmählich ...«, sagt sie und lacht, »weißt du, vor Jahren gab es zwei bekannte Kabarettisten hier in Darmstadt, deine Mutter wird sich daran erinnern, ich nahm sie ein paarmal mit in ihre Vorstellungen. Ja, sie nannten sich Schön und Fröhlich, sozusagen ihre Künstlernamen«, erzählt sie. »Der eine nimmt seinen Hut ab und sagt:

›Na, wie geht's denn, Herr Fröhlich.‹

›Na, wie geht's denn, Herr Schön.‹

›Na, ich denke so allmählich,
es könnt' halt bessergeh'n.‹

Jetzt hast du die Antwort«, sagt sie. Wir lachen. »Das waren Zeiten«, seufzt sie.

»Ja, allmählich, Aroma, ganz allmählich«, sage ich, »wird's uns bessergehen.«

»Ja, ja, Engelchen«, sagt sie beinah unbeteiligt.

Ob es Resignation ist oder Gleichgültigkeit? Wozu denn noch etwas ändern wollen, wenn man jeden Augenblick mit dem Tod rechnet, sagte sie neulich. Es ist gut zu wissen, daß alles irgendwann einmal zu Ende geht, sagte sie.

Ich ringe noch um den Anfang. Allein der Gedanke an das Ende schmerzt, das eigene oder dasjenige derer, die ich liebe, dachte ich. Die dürfen mich nicht allein lassen. Aroma muß für mich atmen.

9 Ich kann mich nicht sammeln. Der Tag riecht nach Wagnis. Ich gehe in die Küche. Nur auf der linken Seite der Bambusstange sind leuchtgrüne Blätter gesprossen, die rechte ist nackt. Eine Weile starre ich den Bambus an. Warum die linke Seite und nicht die rechte, wer hat es so gewollt? Der Bambus selbst, die Stange, die linke Seite, die rechte? Ich weiß keine Antwort. Ich setze mich an den Küchentisch. Erst jetzt entdecke ich den Zettel, den Achim für mich geschrieben hat. *Zieh die Tür einfach hinter dir zu, wenn du gehst, süßes Frauchen.*

Wie originell, denke ich. Was denn sonst. Natürlich zieht man die Tür einfach hinter sich zu, wenn man geht. Fortlaufend sagen sie diesen Satz oder schreiben sie ihn, in Büchern und Filmen und in der Wirklichkeit. Vielleicht ist es auch nur eine Aufforderung zu gehen. Nicht daß man bleibt, bis sie wiederkommen.

Ich zucke mit den Achseln. Wenn ich Lust habe, bleibe ich, bis er kommt. »Ich bin nicht gegangen, habe also die Tür nicht zugezogen hinter mir, Süßer«, würde ich dann sagen. Wo soll ich auch hin? Sie suchen bestimmt nach mir. Der Verwesungsgeruch hat sie sicher in Aromas Wohnung geführt. Wann beginnt eine Leiche zu verwesen? Ich mache mir noch einen Kaffee, zögere dann einen Augenblick, kippe den Wasserkocher und gieße den Rest des kochenden Wassers in einem dünnen Strahl auf meinen nackten Schenkel. Es brennt höllisch. Ich beiße die Zähne zusammen. Es bilden sich Bläschen auf der Haut. Ich hole eine Bierflasche aus dem Kühlschrank und rolle sie darauf. Wo hat Achim seinen Verbandkasten? Hat er überhaupt einen. Ich gehe ins Bad. Nichts deutet auf einen Verbandskasten. Gehe zurück in die Küche, ein chinesischer Kasten steht im Regal. Orange und Gold mit Tierfiguren verziert, ein wenig kitschig, das einzige Kitschige in der Wohnung. Mitbringsel einer Frau? Auch meine Bambusstange im Bierglas sieht in diesem gestylten Ambiente kitschig aus. Die Besucherinnen bringen Kitsch mit, denke ich. Das geschieht ihm recht, denke ich und schmunzle. Ich öffne den Kasten. Es liegen tatsächlich Medikamente darin, Pflaster und Verbandmull und anderes Zeug. Ich schneide ein breites Stück vom Wundpflaster und klebe es auf die verbrannte Haut. Dann wühle ich in Achims Medikamenten, entdecke Ambien-Schlaftabletten. Nicht zu glauben, Achim hat Ambien. Woher bezieht er sie. In Deutschland kann man sie nicht kaufen. Er bewahrt sie in zwei durchsichtigen Dosen auf, mindestens dreihundert sind es. Einzelne Pillen, lachsfarben, winzig, länglich und schmal, die aus der Verpackung herausgenommen worden sind und in einer beschrifteten durchsichtigen Dose verwahrt werden.

Ich kann nicht erkennen, ob es 5mg- oder 10mg-Tabletten sind. Ich nehme vorsichtshalber zwei und spüle sie mit einem Schluck Kaffee hinunter. Dann hole ich meine Handtasche und schütte eine Handvoll davon in ein Taschentuch, binde die Enden zu einem Knoten und lasse es in meiner Handtasche verschwinden. Meine letzte Packung ist fast verbraucht, bis Maxi mir wieder welche schickt, dauert es einige Zeit. Wird Achim merken, daß ich mindestens fünfzig seiner Schlaftabletten habe mitgehen lassen? Ich brauche sie. Ohne sie bin ich völlig verloren. Wo denkst du hin? frage ich mich. Bist du nicht ohnehin verloren?

Ein endlos langer Schlaf würde es werden mit fünfzig Ambien auf einmal. Ich spiele mit dem Gedanken. Ein ewiger Schlaf, der vollkommene Frieden, nichts bedrückt, nichts verletzt, nichts rührt, nichts wärmt.

10

Mutter ruft an, einen Monat nachdem Jakob ins Altersheim gebracht wurde.

»Stell dir vor«, sagt sie, »gestern kam ein Brief vom Altersheimleiter. Jakob weigere sich zu essen, wir sollen ihn unbedingt besuchen.« Sie verstehe nicht, was ihm fehle, es sei sauber dort und der Garten sei groß und schön, sagt sie. Er müsse doch wissen, daß Vater krank sei und der Weg dorthin zu weit, sie könnten ihn nicht jetzt bei der Kälte besuchen.

»Was, ihr wart noch nicht da?« schreie ich ins Telefon.

Mutter schweigt.

Bei einem meiner Besuche in Teheran hatte Jakob zu mir gesagt: »Wenn Sie hier sind, ... es ist wie ... wie ... wenn die Sonne aufgeht – und ... und wenn Sie gehen ... Können Sie nicht länger bleiben?« fragte er mich dann.

»Nein, Jakobkhan, kann ich nicht. Du kommst aber mal nach Deutschland. Spar doch dein Geld.«

»Welches Geld? *Khanom* und *Agha*« – so nannte er meine Eltern – »sind geizig.« (Jakob verdiente in der Tat nicht viel. Er wohnte bei uns, Essen und Kleidung inklusive. Das Gehalt war eine Art Taschengeld. Einmal pro Woche hatte er frei, donnerstags, glaube ich. Er ging ins Hammam und ließ es sich dort gut gehen mit allen rituellen Waschungen und Massagen. Manchmal besuchte er auch den Basar. Dann kam er zurück und zeigte uns stolz seine Einkäufe: ein Transistor-Radio, das später zu seinem ständigen Begleiter wurde, einen Samowar, Plastikblumen ... Manchmal brachte er uns auch kleine Geschenke mit. Jakob war großzügig.)

»Warum sind die eigentlich so geizig, Jakob?« fragte ich ihn, amüsiert. Die Unterhaltung verlief in Gegenwart meines Vaters, der nur noch spärlich am täglichen Leben teilnahm.

»So so, nun sind wir am Ende geizig, Herr Jakob«, sagte er grinsend.

»Ist doch wahr, geben Sie es zu«, erwiderte der.

Mutter rief aus dem Schlafzimmer: »Du bist aber ein undankbares Geschöpf. Das viele Geld, das du zu Neujahr bekommst, das zählt etwa nicht? Glaubst du, die Leute schenken dir Geld, weil sie dich lieben? Nein mein Lieber, nur, weil du bei uns arbeitest, so einfach ist es.«

»Ach, die Gäste, die sind auch alle so geizig«, sagte Jakob.

Unser Lieblingsspiel war in Gang gekommen. Jakob zählte auf, wer ihm wieviel Geld zu Neujahr gibt. Und ich machte bei jedem noch so kleinen Betrag große Augen und fragte ein langgezogenes »Soooooo viel?« Er lachte herzhaft, es sei doch so wenig, wieso so viel?

Jakob genoß das Spiel. Sonst wurde nur das Nötigste mit ihm gesprochen. Abends durfte er vorm Fernseher sitzen, wenn er wollte. Er war neugierig, wollte über alles informiert sein. Besonders Politik interessierte ihn. Vater sagte: »Erstaunlich, wie er sie alle durchschaut.« Jakobs Augen wurden aber immer schwächer. Auch die Brille half wenig. Das Fernsehen ermüdete ihn. Er sah sich im Fernsehen nur die Nachrichten an. Danach ging er in sein Zimmer und hörte lieber Radio.

Wenn ich zu Besuch war, unterhielt ich mich öfter mit ihm. Ich wollte wissen, was in seinem Kopf vorging. Was waren seine Sehnsüchte, hatte er welche? Manchmal, wenn er stundenlang irgendwo saß und nichts sagte, fragte ich ihn: »Worüber denkst du nach, Jakobkhan?« »Nichts«, sagte er. »Das geht doch nicht, man denkt immer über irgendwas nach.« »Nein, nichts«, lachte er.

Meine Besuche munterten ihn auf. Ein wenig Licht in seiner verdunkelten Welt. Ich war Jakobs Sonne, sagte er mir. Vier Wochen im Jahr ging ich an seinem Himmel auf.

Mutter verspricht am Telefon, Jakob zu besuchen. »Ich frage auch Reza, vielleicht kann ich ihn überreden mitzukommen, er verläßt ja kaum das Haus, aber für Jakob macht er eventuell eine Ausnahme, er hat ihn ja immer gemocht«, sagt sie.

Zwei Wochen später ruft sie wieder an. Inzwischen hätten sie Jakob besucht. Vater sei mitgegangen, was ein Fehler war – ihm sei es nicht gut bekommen, Jakob dort zu sehen, auf dem Nachhauseweg habe er geweint. Der Altersheimleiter habe sie am Gartentor abgefangen, erzählt sie. Jakob sei traumatisiert, lasse niemanden an sich ran. Er brauche vertraute Menschen um sich, habe er gesagt.

»Jakob freute sich sehr, uns zu sehen. Warum wir so spät gekommen seien, fragte er. ›Du weißt doch, wie weit der Weg ist‹, sagte ich zu ihm. ›*Agha* ist krank, du siehst doch. Um alles muß ich mich allein kümmern. Verstehst du? Die Zeit rennt mir davon, und der Weg ist doch so weit. Wir können nicht häufig kommen. Bald wirst du aber ganz gesund sein und kommst wieder zurück, nicht wahr?‹ hab ich versucht ihn zu ermuntern. Er hat nur gelächelt«, erzählt sie. Ob er zufrieden sei dort, ob er mit seinen Mitbewohnern zurechtkomme, ob das Essen gut sei, habe sie ihn gefragt. Jakob habe nur geschwiegen.

Drei Tage nach dem Besuch, erzählt Mutter, habe der Heimleiter angerufen, Jakob sei gestorben.

Ich denke an das Lied, das damals bei seinem Abschied kurz aus dem Radio kam: »Ich war tot, ich wurde lebendig, das Reich der Liebe brach an, ich wurde unsterblich.«

11 Aroma hatte recht, als sie einmal sagte, wir würden schon zur Vernunft kommen. Nach einigen Irrgängen gehen Maxi und ich nun den geraden Weg. Maxi studiert Medizin in L.A. und will später in der Forschung arbeiten. Zweimal besuchte er uns in Darmstadt. Ein gutaussehender junger Mann ist aus ihm geworden mit Anzug und Krawatte. Alles paßt akribisch zusammen – hat er es vom Vater? Die Augenbrauen zupft er noch immer. Es macht ihn zart, geradezu verletzlich. Über sein Liebesleben schweigt er. Im Grunde geht mich sein Schlafzimmer nichts an. Maxi ist mein Bruder, und er ist rein, allein das ist mir wichtig – und daß er mir Ambien schickt. Dafür liebe ich ihn. Als Medizinstudent ist er über die neuesten Medikamente informiert, kann auch welche besorgen. Ich muß nur aufpassen, daß er mich nicht vergißt. Die Entfernung ist groß, nicht nur die meßbare. Sein letzter Besuch liegt lange zurück. Er brachte mir Ambien mit und einen Cowboyhut. Ich sah gar nicht so schlecht aus damit. In letzter Zeit meldet er sich nicht mehr.

Auch ich bin ruhiger geworden. Nach Jakobs Tod bin ich ruhiger geworden. Als müßte jedesmal ein geliebter Mensch sterben, damit ich mein Leben ändere. Nach sechs Jahren Deutschland bin ich nicht mehr so atemlos, dosiere mein Pensum an Spaß, ich bin wählerisch geworden. Ich studiere Musik und Gesang an der Musikakademie und jobbe nebenbei als Bar-Pianistin. Wenn ich Lust habe, singe ich auch dazu, das Singen ist vertraglich nicht festgelegt, nur das Klavierspielen. Allabendlich spiele ich Evergreens für Menschen, die mir einsam erscheinen. Ich schenke ihnen ein Lächeln, und sie stecken mir großzügig Geldscheine in die Tasche. Ich lächle weiter und spiele noch ein Evergreen: Strangers in the night, Autumn – leaves, Are you lonesome tonight? ... , die Lieder, die ich aus dem Elternhaus kenne oder von Aromas Schallplatten. Wenn ich singe, unterbrechen die Gäste ihre Unterhaltung und hören mir aufmerksam zu. Der Applaus danach will nicht enden, und meine Tasche füllt sich mit Geldscheinen.

Singen ist mein Traum. Tagsüber, wenn ich keinen Unterricht habe, schreibe ich Lieder. Aroma beobachtet mein neues Leben und sagt wieder nichts. Nur, daß ich in ihren Augen sehe, diesmal ist sie zufrieden. Ich spüre, daß sie mir eine rosige Zukunft prophezeit – oder wünscht? Die Urenkelin vielleicht, die wird zu Ende bringen, was der Tochter nicht gewährt war und was die Enkelin begonnen hatte. Es ist ein gutes Gefühl, Aroma zufrieden zu sehen.

Zu den Eltern zieht mich nichts mehr. Narges und Jakob sind tot, das leere Haus zerrt an mir. Die Stimmung dort bringt mich um. Vaters Verfall kann ich nicht ertragen. Er kapselt sich immer mehr ab, lebt nur in seiner Welt. Es war ein langsamer Prozeß, wenn ich darüber nachdenke. Unmerklich schritt er voran.

Als ich das letzte Mal da war, holte mich Mutter vom Flughafen ab. Ich spürte eine bis dahin mir unbekannte Sanftheit in ihr. Die Umarmung war herzlicher, die Küsse inniger als sonst. Dann offenbarte sie mir im Auto, daß man mit Vater sachte umgehen müsse. Ob etwas passiert sei, fragte ich besorgt. Nein, nein, es sei nur so, als sei er uns endgültig entglitten, sagte sie und weinte. Ich hatte Mutter noch nie weinen sehen. Was war geschehen?

Vater hatte die wahnhafte Idee entwickelt, die Sprache verringern zu müssen. Sprachreduktion nannte er sein Projekt. Er arbeitete zuerst an der persischen Sprache, andere Sprachen würden folgen. Man brauche nicht so viele Wörter, sagte er, eine Handvoll davon würden genügen. Im Grunde würden ein paar Buchstaben und Laute genügen, um alles auszudrükken, meinte er.

»Hör auf, Papa, du doch nicht, du liebst Forugh, du schreibst selbst Gedichte, du hast Mamas Herz mit einem Rilke-Gedicht erobert, wie kannst du nur so reden? Wie willst du denn Gedichte schreiben mit ein paar Buchstaben und Lauten?«

Er schaute mich abwesend an und gab komische Töne von sich, die irgend etwas bedeuten sollten. »Back to the roots, wie die Affen, unsere Vorfahren, so sollten wir uns verständigen, Poesie der Affensprache«, fügte er hinzu. »Das ist aber Spracheliminierung, Papa«, sagte ich und drehte mich um, damit er meine Tränen nicht sehen konnte.

Tag für Tag ging er zielstrebig Wörterbücher und Synonymlexika durch. Seite für Seite, Wort für Wort strich er eifrig durch und machte Notizen. Kaum etwas anderes nahm er wahr. Es interessierte ihn nicht, daß ich nur zu Besuch da war und bald wieder abreisen würde. Ich beobachtete ihn mit Wehmut. So also kann es einem gehen. Mein allmächtiger Vater, Professor Doktor Reza Salem, der allein durch seine Erscheinung beeindruckte, war im Begriff, zum Spott der Stadt zu werden. Ein Leben lang hatte ich mich nach seiner Liebe gesehnt und nach seiner Aufmerksamkeit. Mit meiner Musik hätte ich ihn endlich für mich gewinnen können. Aber jetzt schien es zu spät zu sein. Es hatte keinen Sinn mehr, ihn erreichen zu wollen, er war nicht mehr zu fassen.

»Laß die Affensprache den Affen, Papa. Wir sind doch Menschen«, sagte ich zu ihm am Abend vor meiner Abreise. Dann küßte ich ihn auf die Falten unter seinen Augen und las ihm vor: »Ich bereue nicht/Von mir, du mein Geliebter/Sprich/Mit einem anderen Ich/Das du dereinst auf den kalten Straßen der Nacht/Mit diesen deinen liebenden Augen wiederfindest/Und denk an mich bei ihrem traurigen Kuß/Auf die geliebten Falten unter deinen Augen.« Ein letzter Versuch, ihn mit den Worten seiner Forugh wieder in unsere Welt zu locken. Vergebens.

Mutter ruft häufig an, sie ist im Begriff, ihre Heimat zu verlieren, Wort für Wort, Buchstabe für Buchstabe. Denn es war Vater, der ihr die Heimat war, nicht das Land. Vater und ihre Musik. Die Heimatlosen werden unberechenbar. Mutter ist unberechenbar geworden. Sie versucht sich Ersatz zu verschaffen. In letzter Zeit redet sie immer wieder davon, ob ich nicht zurückkommen wolle, sie sei allein, sie brauche Verstärkung, wir könnten doch zusammen Musik machen. Auf einmal hat sie mich entdeckt. Daß Maxi sie nicht besucht, stört sie nicht, sieht sie ein – er hat viel zu tun. Sicher, er ist der Sohn. Überall auf der Welt ruft man nach den Töchtern, wenn es irgendwo brennt. Immer sind es die Töchter, die einspringen müssen. Ich will damit nichts zu tun haben. Ich habe mich gerade hier eingelebt, will nicht ins Schwanken geraten.

Das solle also der Dank sein, sagte sie vor kurzem

am Telefon. »Dank, wofür?« fragte ich sie eisig. Sie sagte nichts.

»Das Reich der Liebe brach an«

1 Die Schlaftabletten beginnen zu wirken. Ich rüttle mich wach, will nicht schlafen. Schlafen und wieder aufwachen. Für immer schlafen, das wäre was, denke ich. Die Tabletten sind aber stark, ich dämmere vor mich hin. Habe bizarre Gedanken. Unpassende. Was geht mich Achims privates Leben an. Auf einmal drängt es mich zu wissen, ob er eine Freundin hat. Er sieht gut aus, seine Wohnung sieht gut aus, er ist gutmutig, einer also, dem man in allen Fächern die gute Note geben kann. So einer muß doch mindestens einige Frauenherzen erobert haben. Die müssen hier ein und aus gehen – gegangen sein. Etwas haben sie sicher vergessen, absichtlich liegenlassen. Einen Lippenstift, ein Flakon, Nylonstrümpfe, irgendwas. Ich stehe auf, wasche mein Gesicht mit kaltem Wasser und beginne zu suchen. Mache seinen Kleiderschrank auf, schaue in die Badezimmerschränke hinein, blättere in seinen Ordnern. Ich finde nichts. Vielleicht wohnt er erst seit ein paar Wochen hier. Alles sieht unverbraucht aus. Vielleicht ist er einer gescheiterten Liebe davongelaufen. Vielleicht ist er gar nicht von hier. Vielleicht ist er Franzose, deshalb all die französischen Bücher. Er ist einfach ausgewandert. Nichts sollte ihn an die gewesene Liebe erinnern. Die war mal, ist nicht mehr.

Der Gedanke erheitert mich. Eine Liebe hinter sich lassen, in eine andere Stadt ziehen, in ein anderes Land, sich eine neue Arbeit suchen, neue Freunde, neue Wohnung, sich ganz neu einrichten. Verdrängen heißt das Zaubermittel. Das gebrochene Herz wird irgendwann mal wieder heil. Wenn nicht, ist auch egal. Man versucht zu bestehen, es wird einem gelingen, irgendwann mal. Was wäre ein Leben ohne Schmerz? Das bißchen Schmerz dann und wann muß doch zu ertragen sein. Plötzlich muß ich weinen. Zum ersten Mal, seit Aroma tot in ihrer Wohnung liegt, weine ich. Es ist ein heftiges Weinen, tut mir in der Brust weh. Etwas will da heraus, will explodieren, will zerstören, will zerstört werden. Ich lege meine Hand auf die Brust.

Vielleicht sollte ich Luc anrufen. Er soll herkommen und mich trösten. Ich hole mein Handy aus der Tasche. Was soll ich ihm sagen? Hör mal, Luc. Ich habe Aroma umgebracht. Kannst du mir helfen? Kannst du mich trotzdem lieben, eine Mörderin? Was für ein absurder Einfall, Luc anrufen zu wollen. Er hat mich gewarnt. Es sei kriminell, was ich tue. Aber Maxi, der versteht mich vielleicht, der liebt mich, egal was ich getan habe. Wieder ist der Anrufbeantworter dran.

Es gibt eben keine Liebe für mich, denke ich. Ich muß mich damit abfinden. Es war mal, ist nicht mehr.

2 Seit einigen Monaten sitzt ein Bettler in der Nähe der Musikakademie an einer bestimmten Stelle, die er sich ausgesucht hat. Tagaus, tagein. Ob es regnet oder schneit, ob die Sonne brennt oder der Wind rast, er sitzt einfach da, zu Boden blickend, ohne jemanden anzuschauen, ohne zu betteln. Er sitzt da und ruht in sich. Er ist nicht betrunken, nicht einmal verwahrlost sieht er aus oder mitleiderweckend. Er ist nur alt, das ist das einzige Bedauernswerte an ihm. Alt sein ist an

sich kein Grund zum Mitleid, alt und zugleich arm sein aber tausendmal. Er ist der einzige Bettler, dem ich hin und wieder etwas gebe, vielleicht ein wenig mehr, als er sonst gewöhnt ist. Ich hocke mich hin, sage guten Tag und lege das Geld in seinen Hut. »Oooh«, sagt er und bringt ein kräftiges »Danke schön« heraus, jedesmal überrascht über die Höhe der Gabe. »Einen schönen Tag wünsche ich Ihnen«, sage ich dann. »Ebenfalls«, sagt er, und ich gehe weiter.

An den Tagen, an denen ich kein Geld für ihn übrig habe, vermeide ich seinen Sitzfleck. Er blickt zwar immer zu Boden, mich erkennt er aber an meinen Schuhen oder an meinem Gang. Das habe ich bemerkt, als ich einmal mit leeren Händen an ihm vorbeiging und mich intuitiv umdrehte. Er hatte den Kopf erhoben und schaute mir hinterher. Die Enttäuschung in seinem Gesicht war noch aus der Ferne zu sehen.

An jenem Tag, dem Zufallstag, will ich ihm etwas geben. Ich laufe in seine Richtung, bleibe bei ihm stehen und knie mich vor ihn hin, als auf einmal auch ein anderer sich vor ihn hinkniet. »Guten Tag«, sage ich. Der Bettler und der andere sagen gleichzeitig: »Guten Tag.« Ich lege das Geld in den Hut des Bettlers, der andere tut es auch. Ich sage: »Ich wünsche Ihnen einen schönen Tag«, wie ich es immer sage. »Ebenfalls«, antworten die beiden synchron. Etwas verwirrt nuschle ich diesmal auch ein Aufwiedersehen, was von den beiden wieder gleichzeitig beantwortet wird. Zum ersten Mal nehme ich ein Lächeln in seinen Mundwinkeln wahr. Ich gehe weiter und denke: Was war denn das gerade eben? Eine Komödie oder was? Und muß lachen. Wer hat sie inszeniert? Zufall? Ich glaube an Zufälle. Man kann es so oder so nennen, Schicksal, Fügung, was weiß ich. Für mich war es ein Zufall, daß dieser Mann im selben Augenblick, fast im selben Augenblick, tat, was ich tat. Er kauerte sich vor den Bettler, meinen Bettler, und legte ihm ein paar Münzen in den Hut.

Zwei Stunden später, als ich in meinem Stammcafé sitze und den Mann von vorhin hereinkommen sehe, denke ich wieder: Was für ein Zufall. Er schaut sich um, sieht mich an einem großen Tisch sitzen, kommt zu mir herüber, und ungefragt setzt er sich zu mir. Wir lächeln uns an.

»Redest du immer mit Bettlern?« fragt er.

»Das kann man doch kaum Reden nennen, ein Hallo, einen Guten Tag«, sage ich.

»Es gibt Menschen, die für die paar Worte am Tag sehr dankbar wären«, antwortet er.

»Armes Leben«, sage ich und strecke meine Hand aus, lächle ihn an und stelle mich vor. »Minni«, sage ich, und dann auf einmal, aus heiterem Himmel, beuge ich mich vor und hauche ihm einen Kuß auf den Mundwinkel. Ich erschrecke selbst.

»Luc«, sagt er und streichelt mir mit den Fingerrücken über die Wange. Er lacht. Ich setze mich rasch wieder gerade und schweige. Warum in aller Welt habe ich das getan, mich diesem fremden Mann nach ein paar belanglosen Sätzen so feierlich mit Händeschütteln vorgestellt und ihn auf den Mundwinkel geküßt? Bin ich noch bei Trost? denke ich.

»Wozu denn Zeit verschwenden?« sagt er zu meiner Verblüffung, als hätte er meine Gedanken gelesen.

»Was meinen Sie, Zeit verschwenden?« frage ich verlegen und trotze mit »Sie«.

Er lacht wieder. Was ich denn trinken möchte, fragt er. »Milchkaffee, einen großen Milchkaffee«, sage ich, froh darüber, daß er nicht auf meine Frage eingegangen ist, und er ruft: »Zwei große Milchkaffee, bitte.« Ich warte, daß er mich fragt, woher ich stamme. Er fragt nicht. Schon hat er gepunktet bei mir. Ich hasse es, wenn man mich sofort nach meinem Herkunftsland fragt. Woher kommst du, woher kommen Sie, heißt es dann gleich nach ein paar Sätzen. Ich frage auch keinen, ob er aus München stammt oder Butzbach. Am meisten hasse ich es, wenn man mich fragt, ob es mir bei ihnen gefällt. Gefällt es Ihnen bei uns? fragen sie mit der Betonung auf »uns«. Ich gehöre nicht dazu, wird mir damit bescheinigt. Ich gehöre nicht zu diesem Kreis von »uns«. (In meinem Land fragt man Ausländer, ob sie Iran mögen. Nach dem zweiten oder dritten Satz heißt es immer: »Mögen Sie Iran?« Genauso nervig. Was sollen sie sagen, wenn die erhoffte Antwort offensichtlich ein Ja ist?) Luc stellt keine Fragen, woher ich stamme, was ich so mache, ob es mir bei ihnen gefällt. Nichts dergleichen. Er beschränkt das Gespräch auf den sich dahinschleichenden Tag. Es ist ein Mittwoch. Er erzählt, daß er Mittwoche mag. Zwei Tage der Woche, Arbeitswoche, sind schon vergangen. Wenn sie gut waren, hat man ja noch zwei weitere Tage vor sich, und wenn sie schlecht waren, freut man sich, daß es nur noch zwei Tage sind bis zum ersehnten Wochenende. Mittwoch sei ein Ausgehtag, viele Veranstaltungen würden auf Mittwoch gelegt, ob ich es schon bemerkt habe. Dann sagt er unvermittelt, wenn er einmal ein Kind bekäme, Mädchen oder Junge, würde er es Mittwoch nennen. Mittwoch sei sein Glückstag, sagt er. Ich höre ihm zu, während er noch weitere Mittwochsgeschichten erzählt, meine Gedanken drehen sich aber um das Kind. Ein Kind mit dem Namen Mittwoch würde zu meinem grotesken Namen passen. Habt ihr es schon gehört, Minimas Kind heißt Mittwoch, würden sie alle hinter mir herlästern und gellend lachen. Ich schaue ihn an und denke, daß es nicht schlecht wäre, ein Kind von diesem Luc zu bekommen, und geniere mich gleich dafür. Was für ein Glück, daß Gedanken nicht sichtbar werden. Nicht daß er auch diesen liest, ängstige ich mich.

Er steht auf. »Man sieht sich«, sagt er und »Tschüs«. Als er zur Theke geht, um zu zahlen, dreht er sich nicht mehr um. So, denke ich, einer von der Sorte, die mit der Coolsein-Masche imponieren wollen. Da liegst du aber bei mir falsch, mein Lieber. Du mußt dich schon um mich bemühen, wenn du mich erobern willst, denke ich. Wollte er mich erobern? Er hat nichts dergleichen unternommen, nicht einmal nach meiner Telefonnummer hat er gefragt. Aber einfach so, mir nichts, dir nichts an einem Mittwoch eine Frau anlächeln, sich zu ihr setzen und erzählen, daß Mittwoch der Glückstag sei, sein Glückstag, und daß er sein Kind Mittwoch nennen wolle, das kann doch nicht gänzlich unbeabsichtigt gewesen sein, denke ich.

Ich stehe auf und verlasse das Café. An der Straßenkreuzung wartet er auf mich.

»Siehst du? Ich hab doch gesagt, wozu Zeit verschwenden«, sagt er, nimmt dann meine Hand und hält sie. Ich lasse sie dort ruhen. Wir gehen zusammen. Ein wohliges, mir bis dahin unbekanntes Gefühl steigt in mir empor und wärmt mich. Das muß Liebe sein, denke ich. Das ist, was ich jahrelang auf der Leinwand oder im Fernseher bestaunt und beweint habe, zitternd, atemanhaltend, gespannt, die Fingernägel in die Innenhandfläche pressend. Das ist also die Liebe: Man läßt die Hand in einer völlig fremden Hand ruhen und wünscht sich, daß es ewig so weitergeht. Die Welt könnte sich verfinstern, eisige Kälte könnte hereinbrechen. Nichts würde einem etwas anhaben. Denn die Hand ruht in einer liebenden Hand, und sie spendet Licht und Wärme.

Wir überqueren die Straße. Ein rasender Fahrradfahrer zwingt uns, für einen Moment auseinanderzugehen. Als meine Hand aus seiner gleitet, höre ich auf zu sein, als löste ich mich augenblicklich in Nichts auf. Auf einmal muß ich an General Taheri denken. Das ist also das vernichtende Gefühl, das er damals gefühlt haben muß, von dem alle redeten. Mindestens vierzig Tage lang muß er es gefühlt haben.

3 General Taheri war Vaters Onkel väterlicherseits. Eine imposante Gestalt trotz seiner Kürze, höchstens einssechzig, bestimmt nicht mehr. Sein großer Kopf, seine vollen Lippen, vor allem aber seine blauen Augen machten ihn einzigartig – es laufen nicht so viele Perser mit blauen Augen herum. Sein aufrechter Gang, seine makellosen Manieren, seine akkurate Er-

scheinung beeindruckten den Betrachter. Er war ein Gentleman, korrekt, auf die Minute pünktlich, was man den Iranern nicht unbedingt nachsagen kann. Wir nannten ihn Herr General, weil Mutter ihn so nannte: Guten Tag, Herr General, wie geht es Ihnen, Herr General, schön Sie zu sehen, Herr General. Es gefiel ihm. Niemand außer ihm wurde Herr General genannt. Mutter wußte schon immer, wo sie was sagen mußte, um gut anzukommen.

General Taheri war alleinstehend. Als wir in das Alter kamen, in dem wir neugierig wurden auf ›Paarbeziehungen‹, wunderten wir uns darüber, daß er alleine durchs Leben ging, und fragten Vater, warum er nicht verheiratet sei. Mag sein, daß Frauen ihn nicht anziehend fanden, denn besonders gutaussehend war er nicht, auch nicht mehr ganz jung, wenn auch nicht alt. Dafür war er aber einst ein hochrangiger Offizier gewesen, er war wohlhabend, weltgewandt, weitgereist, belesen, sprach Französisch, liebte klassische Musik. So einen Mann können doch Frauen nicht einfach ignorieren. Vater erzählte uns seine Geschichte, die er von seinen Eltern gehört hatte. General Taheri selbst sprach nie über seine Vergangenheit.

General Taheris Vater, mein Urgroßvater, war ein reicher, mehrsprachiger Autodidakt, der den irdischen Genüssen zugeneigt war und nach Omar Khayams Philosophie lebte: Genieß dein Leben, solange du kannst, denn nach dem Tode wirst du zu Staub. Seine Söhne erzog er entsprechend, was ihm allerdings nur bei dem jüngsten Sohn gelang. Der ältere, mein Großvater, wuchs dagegen zu einem korrekten, peniblen Mann heran, der, vielleicht gerade deswegen, in die deutsche Kultur vernarrt war. Er schätzte das analytische Denken der Deutschen und ihren Sinn für Struktur. Vor allem bewunderte er ihre Arbeitsmoral. »Unglaublich, wie sie nach dem Krieg den Wiederaufbau vorangetrieben haben«, sagte er bei jeder Gelegenheit – weshalb der Krieg ausgebrochen war, klammerte er völlig aus.

Später vererbte er seine Begeisterung für Deutschland und die deutsche Sprache meinem Vater. Obgleich er, mein Vater, die deutsche Sprache liebe und auch das analytische Denken und den Ordnungssinn der Deutschen schätze, glaube er keinesfalls an ihre Arbeitsmoral. Es war einmal, die Zeiten hätten sich geändert, er merke nicht mehr viel davon, sagte er.

Jedenfalls war General Taheri das Abbild seines Vaters und wie dieser der französischen Kultur zugeneigt. Sein Vater sorgte dafür, daß Frankreich und alles Französische sein Leben bestimmten. Von Kind auf sprach er nur französisch mit ihm, las ihm französische Bücher vor und verlangte, daß er französische Gedichte auswendig lernte. Zudem mußte er sich wie Franzosen kleiden und benehmen.

Während der ältere Sohn den Vater beinah ignorierte, ja, mit seiner Frömmigkeit gegen ihn rebellierte, bewunderte der General seinen Vater und lebte als junger Mensch ein ausschweifendes Leben wie er: immer in Extremen, alles oder nichts, schwarz oder weiß. Grautöne waren ihm gänzlich unbekannt. Dazwischen gab es nichts für ihn.

Dann stirbt der Vater, recht früh mit einundfünfzig – allzu viele irdische Genüsse wohl hat er genossen.

Nach dem Tode des Vaters weiß der General bald, daß er kein gewöhnliches Leben führen will. Kein Arzt-, Ingenieur- oder Jura-Studium will er absolvieren, wie es von jungen wohlhabenden Männern erwartet wird. Keinen Bund der Ehe will er eingehen. Kein Mann-Frau-Kind-Dreieck, sagt er. In einem Film hat er einmal diesen Satz gehört: Die Ehe sei ein Jahr Feuer und Flamme und dreißig Jahre Asche. Das leuchtet ihm ein. »Ich bin ein Feuerundflammen-, kein Aschenmensch«, sagt er und entscheidet sich für das Junggesellendasein. »Ich will nicht mit beiden Beinen auf dem Boden stehen«, sagt er und entscheidet sich für die Marine, für das Wasser. Frauen sollen sein Leben dennoch verschönen. Seine Liebesgeschichten sind stadtbekannt. Er genießt die Rolle des vorübergehenden Liebhabers, ist aber stets ehrlich mit den Frauen. Er gesteht ihnen gleich, daß er sich nicht binden will. Sie lassen sich dennoch mit ihm ein, jede vielleicht in der Hoffnung, mit ihr würde er sich ändern. Er ändert sich nicht. Er bleibt sich treu. Bis eines Tages Lilli in seinem Leben auftaucht.

Lilli war die Tochter eines bekannten Marineoffiziers. Sie war bezaubernd und abweisend zugleich. Von Männern wollte sie nichts wissen, keiner war ihr gut genug. Sie war eine unabhängige junge Frau, die ihren eigenen Sportwagen fuhr, einen Araberhengst ritt und einen Pilotenschein besaß. Unglaublich für die damalige Zeit. Alle jungen Männer der Stadt, die etwas von sich hielten, ersehnten ihre Nähe. Vergebens. Die Herausforderung, die Lilli suchte, hatten sie nicht zu bieten.

Dann taucht der französisch erzogene junge Mann

in ihrem Leben auf, er, der zur Marine gegangen ist, aufs Wasser, um nicht ›bodenständig‹ zu sein, und sie wird weich.

Es geschieht bei einem Fest an Deck der schönen weißen »Victoria«. Der Marineoffizier erscheint mit Frau und Tochter. Lilli, die Tochter, verharrt gelangweilt auf ihrem Stuhl. Es ist bekannt, daß sie niemals tanzt. Niemand traut sich, sie zum Tanzen aufzufordern. Der General, damals ein junger Fähnrich, marschiert schnurgerade und zielstrebig zu ihr und fordert sie zum Tanz auf. »*Voulez-vous danser avec moi, Mademoiselle*?« Sie blickt ihn neugierig an, steht langsam auf und legt ihre Hand in die seine. Alle bleiben stehen. Der General und Lilli tanzen Walzer. Er führt sie wie auf Wolken. Bei einer Linksdrehung fragt sie ihn: »Sagen Sie mal, *parlez-vous français,* oder ... haben Sie nur dieses *voulez-vous danser* in petto ... und vielleicht auch noch *je t'aime*?« Der General lacht: »*Mais non, Mademoiselle, je parle et songe à français.*«

Am nächsten Tag treffen sie sich wieder und in den Tagen darauf auch.

Der General war bei dieser unerreichbaren Frau angekommen, und er blieb da. Sie ließ ihn bleiben. Als ob es nur die Angst davor gewesen wäre, gefangen zu werden, welche die beiden fliehen ließ, und sie sich jetzt, da sie keine Angst mehr zu haben brauchten, freiwillig einfangen ließen. Aus ihnen wurde ein bekanntes Liebespaar. Ans Heiraten dachten sie jedoch nicht. Damals war so etwas möglich, nicht mit dem Tode bedroht. Sie wurden aber zum Gesprächsthema Nummer eins in der Stadt, und Lillis Vater gefiel das immer weniger. Als sie dann beabsichtigten, ohne

Trauschein zusammenzuziehen, griff er ein und verlangte die Legalisierung der Beziehung, also die Ehe. Vater erzählte, daß es nur ein kurzes Überlegen war, sie liebten sich, sie brauchten keine Versprechungen, keinen Trauschein, sagte er. Wenn es aber dem Glück der Angehörigen diente, wollten sie es ihnen nicht verwehren. Sie standen über diesen Dingen. Sie stimmten der Ehe zu.

Es sei eine Märchenhochzeit gewesen, die Zeitschriften und Zeitungen der Stadt hätten sich darum gerissen, über die Hochzeitsfeier zu berichten. Zwei Seelenverwandte hätten zusammengefunden. Ein seltenes Glück, zu schön, um lange anzuhalten. Und es fand ein jähes Ende.

Nach nur einem Jahr erkrankte Lilli an einem unheilbaren Krebs: Ein tennisballgroßer Tumor wurde in ihrem Kopf entdeckt. Die Ärzte sahen keinen Ausweg, eine Operation war nicht mehr möglich. Der General fuhr mit ihr nach Paris. Die Spezialisten dort sagten dasselbe. So kehrten sie betrübt nach Teheran zurück. Der General wich nicht mehr von ihrer Seite, er hielt ihre Hand, las ihr vor, streichelte ihre knochigen Wangen. Es dauerte nicht lange, bis Lilli in seinen Armen starb.

Vierzig Tage lang zog der General als Zeichen der Trauer seine Stiefel nicht aus. Unglaubliche vierzig Tage lang behielt er sie an. Tag und Nacht. Am einundvierzigsten Tag packte er seinen Koffer und verschwand für einige Monate aus der Stadt. Nach der Rückkehr widmete er sich ausschließlich seinem Beruf, erzählte Vater. Frauen waren für ihn kein Thema mehr.

Trauer in Stiefeln, vierzig Tage lang. Maßlos. Die Geschichte ging mir unter die Haut und nicht aus dem Kopf. Ich war neugierig. Wie fühlt sich an, in Stiefeln zu schlafen? Einmal versuchte ich den General nachzumachen und die Stiefel im Bett anzubehalten, wenigstens für eine einzige Nacht. Es gelang mir nicht. Sie wurden quälend eng und heiß, und ich zog sie gleich wieder aus. Vierzig Tage lang hatte er darin getrauert. Wie groß muß die Liebe gewesen sein, die ihn heimgesucht hatte? Ich beneidete ihn darum.

Als General Taheri starb, dachte ich, Lilli und er würden jetzt vereint sein, und empfand eine gewisse Erleichterung.

4 Seit ich Lucs Haut berührt habe, habe ich eine neue Heimat gefunden. Lucs Haut gibt mir Luft, Nahrung, Schutz. Ich atme darin, schmiege mich an ihre Glätte und lecke ihr Wasser und Salz ab. Luc streichelt mich, lächelt mich an und flüstert mir zärtlich ins Ohr: »Du kleine Irre.« Lucs Haut ist mein Irrenhaus. Ich habe mich darin verirrt und will nicht mehr hinaus. Bei ihm will ich sein, Tag und Nacht und immer. Für ihn würde ich vierzig Tage lang meine Stiefel nicht ausziehen.

Zu Aroma gehe ich nur, um etwas zu holen oder nach der Post zu sehen. Ich vernachlässige alles, ich übersehe alle. Meine Welt hat sich verkleinert auf hunderteinundachtzig Zentimeter, so groß ist Luc. Und er nimmt mich auf, meine ganzen hundertsiebenundsechzig Zentimeter nimmt er Zentimeter für Zentimeter in sich auf. Unfaßbar, daß ein fremder Mensch aus dem Nichts auftaucht und alles in den Hintergrund drängt, all diejenigen, die man bis dahin innig geliebt hat, alles, was man bis dahin leidenschaftlich betrieben hat.

Jetzt kennen wir uns fünf Tage. Ich bin Tag und Nacht bei ihm, tue nichts, gehe nirgendwohin. Klavier war mal. Gesang, was ist das? Nur meine neue Heimat will ich erkunden, Lucs Haut.

Morgens verläßt er die Wohnung, und ich warte auf ihn, stehe vor dem Fenster und blicke auf die roten Dächer der Nachbarhäuser. Ob die Nachbarn wissen, was hier über ihren Köpfen geschieht? Lucs Wohnung befindet sich in der Wenckstraße im fünften Stockwerk eines alten Hauses, des höchsten Hauses in der Straße. Es sind Speicherräume, die zu einer hellen, geräumigen Wohnung umgebaut worden sind. Das ist gut so, denke ich, ich bin gleich im Himmel gelandet.

Ich esse nicht, schlafe nicht, warte nur vor dem Fenster, bis ich ihn aussteigen sehe aus seinem Auto und weiß, nun beginnen die allabendlichen Erkundungen. Wir stellen uns keine Fragen, wer er ist, was er macht, wer ich bin, was ich mache. Wir verständigen uns nicht über die Sprache, unsere Haut hat die Rolle übernommen.

»Worte sind da, um mißverstanden zu werden«, sagt Luc.

All die Worte, die wir nicht aussprechen, verstehen wir, und sie berauschen uns. Es tut gut, stumm zu sein mit Luc.

5 Aroma kocht gerade Kaffee in der Küche. Luc und ich sind bei ihr. Ich übe meinen neuen Song am Klavier:

Hinter den Fenstern dieser Stadt
Irgendwo in einem Ziegelsteinhaus
Sitzt ein junges Paar
An einem Ingo Ikea-Tisch ...

Ich habe den Song auf meinem Akkordeon komponiert nach einer Fahrt mit Luc zu Ikea nach Wallau. Noch nie war ich in so einem riesigen Möbelhaus. Daß die Möbel zur Selbstmontage hergestellt sind, faszinierte mich. So etwas kannte ich bis dahin nicht. Die Besucher, alt und jung, meistens junge Paare mit Kindern, regten meine Phantasie an. Wer sind diese Menschen, wie leben sie, sind sie glücklich, sind sie es nicht. Ich empfand Sympathie für die einfachen, zweckmäßigen Möbel, die modern und lebhaft wirkten. Bei uns im Elternhaus waren die Möbel von einem älteren Schreinermeister hergestellt worden, *Ussa* Karim. So hat man ihn genannt: Meister Karim. Nur Vater sprach den Titel richtig aus: *Ostad*, nicht umgangssprachlich *Ussa*. Willkommen, *Ostad* Karim, was haben Sie auf dem Herzen, *Ostad* Karim? Was meinen Sie, *Ostad* Karim? hieß es dann.

Ussa Karim, dessen Vater bereits für die Familie meines Vaters Möbel hergestellt hatte, bekam die Anweisungen für die Möbelstücke, die wir brauchten, und er baute sie in seiner Werkstadt und lieferte sie ins Haus. Wenn Vater mit dem Ergebnis zufrieden war, blieben sie da, sonst mußte er sie wieder mitnehmen und so lange bearbeiten, bis sie Vater gefielen. Während meiner Zeit wurden Bücherschränke mit Glastüren, ein weißes Bett und die dazu passende Spiegelkommode und ein neuer Eßtisch angefertigt. Der Eßtisch, ein Meisterwerk und von allen bewundert, war allerdings kein Auftrag. Wir brauchten keinen neuen Eßtisch. Eines Tages kam *Ussa* Karim zu Besuch und erzählte, daß er gerade an einem Stück arbeite, das einmalig sei. Es sei wie geschaffen für Herrn Professor und *Sarkare Khanom,* die gnädige Frau. Vater hielt viel von *Ussa* Karim. Künstler wie ihn müsse man fördern, sagte er immer in seiner Abwesenheit. So antwortete er: »Wie Sie befehlen, *Ostad* Karim.« »Sie beschämen mich, Herr Professor«, erwiderte er verlegen. »Nein, nein, *Ostad*, in diesen Dingen haben Sie das Sagen. Ich erwarte gespannt Ihr Meisterwerk«, sagte Vater. In solchen Augenblicken war ich stolz, seine Tochter zu sein.

Sechs Monate später lieferte *Ussa* Karim sein Meisterwerk. Einen Eßtisch für zwölf Personen. Die Tischplatte war dicht verziert mit feinen Intarsien: Blumen, Nachtigallen, Zypressen. Die Motive waren unbeschreiblich aufwendig gearbeitet. Eine Glasplatte schützte die wertvolle Handarbeit. Es war in der Tat ein Meisterstück – nur daß es nicht zum Rest der Möbel im Eßzimmer paßte. Mutter sagte auf deutsch, daß der Tisch auf keinen Fall ins Eßzimmer komme. Vater lobte *Ussa* Karim: »*Ostad*, Sie haben wahrlich ein Meisterwerk geschaffen. Es ist zu schade, um als Eßtisch zu dienen. Stellen sie ihn in die Eingangshalle. Da kann er von allen gesehen und bewundert werden.« So steht der Tisch in der Eingangshalle unseres Hauses.

Alle Besuche stehen erst einmal da und bewundern das gute Stück und geben ihre Kommentare ab. Nur wenn die Akazienbäume blühen, stellt Mutter eine große Vase mit weißen Akazien darauf. In der restlichen Zeit bleibt er ungeschmückt. Vater sagt: »Schmuck braucht man nicht zu schmücken.«

Im Ikea-Möbelhaus dachte ich an das Meisterwerk von *Ussa* Karim. Später, vielleicht später einmal werde ich mich mit seinen Möbeln einrichten. Man kann auch in diesen Ikea-Möbeln glücklich sein, braucht die protzigen Möbelstücke *Ussa* Karims nicht. Die übermäßig teuren Designer-Möbel hier in Deutschland auch nicht. Zum Glück, meinem Glück, würden vorerst Luc und Ikea-Möbel reichen, dachte ich. Luc kaufte zwei Ikea-ps-Schränke aus rotlackiertem Metall. Er wollte sie nebeneinanderstellen, wie ein Sideboard. Ich schenkte ihm eine Trettiotre-Tischleuchte dazu, die würde schön darauf aussehen, sagte ich, und dann kaufte ich noch eine für Aroma.

Aroma kommt mit Kaffee aus der Küche.

»Na, wie gefällt er euch, mein neuer Song?« frage ich, nachdem ich ihn zu Ende gesungen habe.

Lucs Augen glänzen.

»Hast du ihn gleich nach unserem Ikea-Besuch geschrieben?«

»Ja, gleich am nächsten Tag.«

»Stimmt, du warst sehr aufgeregt dort.«

Aroma ist auch noch nie bei Ikea gewesen, hat nur davon gehört. Die Tischleuchte, die ich ihr mitgebracht habe, gefällt ihr jedenfalls und der Song auch.

Sie strahlt über das ganze Gesicht. Es macht mich froh, sie glücklich zu sehen. Es war gut, mich wieder mit Musik zu beschäftigen und nicht ausschließlich mit Luc. Er könnte daran ersticken. Als ich von der Trance der ersten Tage aufwachte und nicht mehr stundenlang hinter dem Fenster ausharrte, kaufte ich mir das Akkordeon und beschäftigte mich damit.

»Was willst du eigentlich machen, Minni?«

Luc stellt diese Frage jetzt zum ersten Mal in Aromas Wohnung, wo ich offiziell noch zu Hause bin. Nach fünf Wochen, dachte ich, es sei an der Zeit, ihn zu uns einzuladen und Aroma vorzustellen.

»Was soll ich machen wollen?« frage ich zurück.

»Jobmäßig, meine ich. Was willst du später machen?«

»Eigentlich wollte ich schon immer singen. Ich glaube, das ist meine Berufung.«

»Ja, unbedingt«, sagt Luc und streichelt meine Wange. »Du mußt damit raus, Minni, du darfst es nicht für dich behalten«, sagt er, sichtlich beeindruckt.

»Hast du noch mehr Songs?«

»Ja.«

»Alle auf deutsch?«

»Auch auf englisch und persisch, aber die persischen versteht man ja hier nicht.«

»Ich werde dich jemandem vorstellen, ich habe da meine Kontakte«, sagt er. Woher, will ich wissen, und er erzählt, daß ein guter Freund von ihm, ein Schulfreund, Musiker und Texter ist, ganz gut im Geschäft eigentlich, und eine Menge Leute in der Branche kennt.

Aroma und ich sehen uns an. Wird mein Traum wahr? Durch Luc? Aroma bittet mich, den Song noch einmal zu spielen. Sie habe in der Küche sich nicht richtig konzentrieren können. Ich setze mich wieder ans Klavier und schließe die Augen:

Hinter den Fenstern dieser Stadt
irgendwo in einem Ziegelsteinhaus
sitzt ein junges Paar
an einem Ingo-Ikea-Tisch
trinkt Rotwein
verliebt, leicht, behaglich

Hinter den Fenstern dieser Stadt
irgendwo in einem Villenhaus
blickt eine Frau
auf den reich gedeckten
Zwölf-Personen-Tisch
einsam, verlassen, beschaulich
Hinter den Fenstern dieser Stadt
irgendwo in einem Reihenhaus
im Licht der Taschenlampe
liest ein Mädchen im Bett
das verbotene Buch
gespannt, atemlos, beharrlich

Hinter den Fenstern dieser Stadt
irgendwo in einer Wohnsiedlung
sitzt ein Rentner in der Küche
in Bademantel und Pantoffeln
löffelt rote Bohnen aus der Dose
bedächtig, pflichtbewußt, apathisch

Hinter den Fenstern dieser Stadt
gehen die Lichter an und aus
Glück kommt und geht
Sehnsucht bleibt bis zuletzt
Leben schreitet voran indes
unbeirrt, stetig, unmerklich

Aroma seufzt, jetzt wisse sie, wofür der »Willi« bestimmt war, und sieht das Klavier liebevoll an. Aroma macht nie ein direktes Kompliment. Ich nehme sie in den Arm, atme ihren Nelkenduft und küsse sie.

Dieses Wochenende will ich bei ihr bleiben. Atempause, sagt sie.

6 Jetzt wohne ich bei Luc, mit Leib und Seele und meinem Gepäck. Ich habe Aroma allein gelassen. Aroma kann ihr Leben noch selber meistern, kein Zweifel. Ich habe sie aber nicht gefragt, ob es ihr recht sei. Ein »Bleib doch« wollte ich nicht riskieren.

Es war ein Donnerstag, daran erinnere ich mich genau. Donnerstags hatte ich Gesangsunterricht. Ich ließ ihn wieder einmal sausen und eilte nach Hause zu Aroma. Ich zog den großen beigefarbenen Koffer, der mich vor einigen Jahren aus Teheran hierherbegleitet hatte, unter Aromas Bett hervor und warf meine Sachen hastig hinein. Aroma stand in der Tür und fragte, was ich denn mache.

»Ausziehen«, antworte ich. Aroma setzte sich aufs Bett. »Wie ausziehen, wohin denn?«

»Zu Luc«, sagte ich. »Ich bin ohnehin dauernd bei ihm.«

Ob ich es mir auch genau überlegt habe, fragte sie.

»Was soll ich großartig überlegen? Mein Bauch sagt mir, es ist richtig so.«

»Hat er dich auch darum gebeten?«

Ich zögerte.

»Ich wohne schon bei ihm, was soll er mich noch fragen, jedenfalls hat er mich noch nicht aufgefordert, seine Wohnung zu verlassen. Meinst du, es ändert sich etwas, wenn mein Koffer bei ihm steht?«

»Wenn du wüßtest, was ein Koffer alles bewirken kann«, sagte sie.

Sie ist alt geworden, zu alt, dachte ich, sie will nur nicht allein sein, weshalb sie mich verunsichern will.

Ich weiß nicht. Vielleicht war sie auch froh, wieder allein zu sein, Johannes Heesters zu hören, ohne daß ich dazwischenkam und meinen Erik Satie auflegte, ohne daß ich sie fortwährend nach deutschen Wörtern fragte und nach Grammatik und warum dies so hieß und nicht anders, warum diese Regel da wieder mißachtet wurde und überhaupt, warum alles so ist, wie es ist. Warum, warum, warum ... »Darum«, sagte sie öfter. »Kind, ich bin doch kein Lexikon«, sagte sie, oder keine Juristin oder Ärztin oder Expertin in Sachen Liebe und Heimweh und was weiß ich noch, je nach dem, mit welchem Thema ich kam.

»Der ›Willi‹ bleibt aber hier«, sagte sie.

»Keine Angst, er paßt nicht in meinen Koffer.«

»Bitte, Minni!«

»Entschuldige.«

Ich nehme sie in den Arm. »Ich rufe dich täglich an«, sage ich und lasse sie stehen.

Das schlechte Gewissen schleicht sich heimlich in meinen Koffer, er ist schwer zu tragen.

Aroma erzähle ich alles täglich am Telefon. Für sie geht meine Geschichte mit Luc zu schnell.

Aroma, laß mich die Liebe kosten. Aroma, mir mangelte es daran, mein Leben lang. Aroma, jetzt zum ersten Mal hier in Deutschland bin ich der Liebe begegnet. Aroma, laß mir mein Glück, flehe ich sie an.

»Nicht, daß du dir am Ende die Finger verbrennst«, sagt sie.

Das ist alles. Mehr sagt sie nicht. Ja, noch ihren berühmten Satz: »Du wirst schon wissen, was du tust.« Aroma mischt sich nie ein. Hat sie Angst, gegen die Wand zu reden? Fürchtet sie die Wand?

7 Mir geht es gut.

Luc und ich leben nicht mehr von Luft und Liebe allein. Jetzt lassen wir das Leben mit allen seinen Facetten zu. Jetzt verständigen wir uns über die Sprache, die Haut erholt sich ein wenig.

Luc Marek ist als drittes Kind vor neunundzwanzig Jahren in Darmstadt geboren. Seine ältere Schwester hat sich mit fünfzehn Jahren, zwei Jahre vor Lucs Geburt, vor den Zug geworfen. Luc kennt sie nur von Fotos. Sein älterer Bruder ist nach Australien ausgewandert. Sein Vater ist vor sieben Jahren gestorben, ein einfacher, ehrlicher Mensch, Mitglied der DKP, keine großen Ambitionen, depressiv gestimmt. Seine

Mutter dagegen eine lebenslustige Frau mit viel Phantasie, ein Schöngeist. Luc wunderte sich immer, was sie wohl dazu bewogen hatte, seinen Vater zu heiraten. Jedenfalls heiratete sie drei Monate nach dem Tod ihres Mannes einen Franzosen, einen Künstler, und lebt nun in der Provence. Luc vermutet, die hätten sich schon vorher gekannt. Er weiß nicht einmal, ob sein Vater der leibliche Vater ist. Luc sieht den Geschwistern nicht ähnlich. Ihm ist es egal. Obwohl der Gedanke ihn amüsiert, einen französischen Vater zu haben. Er will es aber nicht wissen. Zuviel Respekt habe er vor seinem toten Vater. Luc konnte kein Verständnis aufbringen für die schnelle Heirat seiner Mutter. Es bestehe kein Kontakt zu ihr. Zu dem älteren Bruder im Grunde auch nicht, hin und wieder ein Anruf, eine Postkarte, mehr nicht. Manchmal träume er von seiner Schwester. Jennifer habe sie geheißen. Was muß Jennifer geschehen sein, wie muß sie sich gefühlt haben, daß sie sich vor einen Zug wirft. Hat sie vielleicht etwas gewußt von dem Franzosen? Hat sie sich deswegen umgebracht? Diese Fragen lassen ihn nicht in Ruhe. Er würde so gerne eine Antwort darauf wissen. Ich hätte ihn an Jennifer erinnert, hätte denselben Mund wie sie auf den Fotos.

Luc arbeitet als Schornsteinfeger beim Bezirks-Schornsteinfeger-Meister Fällneu. Ich denke nach, ob es eine spezielle Berufsbezeichnung dafür in meiner Vatersprache gibt. Ich kenne keine. Wahrscheinlich gibt es Leute wie unseren Herr Bagheri, die neben anderen Arbeiten auch diese erledigen. Herr Bagheri machte fast alles für uns. Wenn der Wasserhahn tropfte, die Klimaanlage gereinigt werden mußte, die Heizung nicht richtig funktionierte oder die Kronleuchter wieder einmal poliert werden mußten. Alles erledigte Herr Bagheri, der freundliche, genügsame Mann aus Jazd. Hier gibt es für Lucs Aufgaben hochbedeutende Bezeichnungen: Emissionsmessung, Überprüfung der Lüftungseinrichtung ...

Luc ist ein selbstbewußter Handwerker, verhält sich nicht so bescheiden wie Herr Bagheri. Desungeachtet geht mir der Gedanke durch den Kopf, was wohl Vater dazu sagen würde, daß seine Tochter mit einem Schornsteinfeger liiert ist. Ich glaube nicht, daß er etwas dagegen hätte. Er respektiert Handwerker. Die Arbeit muß nur gut verrichtet werden, dann ist er voller Lob und Anerkennung. Und Mutter stammt selbst aus einer Handwerkerfamilie. Was sie allerdings dazu sagen würde, dessen bin ich mir nicht sicher. Sie würde es nicht gern sehen, schätze ich. Jetzt, da sie sich hochgeheiratet hat.

Mir macht es jedenfalls nichts aus. Im Gegenteil, als ich Luc zum ersten Mal sah in seinem schwarzen Arbeitsoverall mit der schwarzen Mütze, war ich begeistert. Mein Luc im feierlichen Schwarz auf den Dächern der Stadt, ein faszinierendes Bild. Aroma erzählte dann, daß Schornsteinfeger Glück bringen sollen. Was für ein Zufall, ich verliebe mich zum ersten Mal in meinem Leben: in einen Glücksbringer.

Einmal fragte ich Luc, wie er zu seinem Beruf gekommen sei. Sein Großvater und Vater seien schon Schornsteinfeger gewesen, sagte er, er habe sich nicht so großartig Gedanken gemacht. Der Vater habe ihn einfach in den Job eingeführt, und er sei dabeigeblieben. Er wollte ohnehin nicht studieren, Mutter zum

Trotz. Mit der Zeit habe er Gefallen an seiner Arbeit gefunden. Sie verschafft ihm Zugang zu den Häusern. Nichts verrät mehr über einen Menschen als sein Heim. Er weiß besser als jeder Psychologe und Soziologe, wie die Leute sind, wie ihre Welt ist, wovon sie träumen. Er behauptet sogar zu wissen, welche Partei sie wählen. Die Tür geht auf, er blickt in die Augen einer Frau oder eines Mannes, blickt schnell um sich, nimmt die Einrichtung wahr, und schon kann er all das voraussagen. Der Beruf bringt es mit sich. Zudem, wenn er auf den Dächern steht und auf die Straße hinuntersieht, hat er ein erhabenes Gefühl. Da oben sei sein Reich, denke er, die da unten sollen zusehen, wie sie nach oben kommen, sagt er und lacht.

Dann fragte ich ihn, weshalb er an jenem Mittwoch, unserem Mittwoch, an der Kreuzung auf mich wartete, obwohl er sich nicht einmal umgedreht hatte, als er ging. Es sei wie eine innere Stimme gewesen, die ihn dazu aufgefordert hätte. Er habe keine Erklärung dafür. Wie kam ich bloß dazu, ihn auf den Mundwinkel zu küssen, fragt er. Ja genau, diese innere Stimme, von der er da spreche. Ich sei selber erschrocken gewesen. Plötzlich kommt eine Übermacht und verwandelt dich in einen Roboter und erteilt dir Befehle, und du machst widerstandslos, was sie dir befiehlt. Und du bist nicht einmal unglücklich darüber. Während ich das sage, steht Luc auf und vollführt langsame Roboterbewegungen. Ich lache, stehe auf, stelle mich vor ihn und mache ihn nach. Wir fuchteln herum, tanzen roboterartig und geben uns einen dicken Roboterkuß und verbeugen uns roboterhaft voreinander.

Die Roboter werden zu unseren ständigen Begleitern.

8 Mir geht es gut.
Warum ich nicht aufhöre, an mir herumzuritzen, ist mir ein Rätsel. Alles läuft auf wundersame Weise sanft, nein, es fließt geradezu. Wozu muß ich erst das Blut auf meiner Haut sehen, damit ich mein Glück glauben kann? Ich habe panische Angst davor, daß Luc davon Wind bekommt, und verstecke meine vernarbten Arme unter Armstulpen. Auch im Bett. Ich besitze eine Kollektion davon. Nachts wähle ich solche aus Satin und Spitze. Luc ist vernarrt in meine Outfits. Mir ist es gelungen, spielerisch mein Geheimnis vor ihm zu bewahren. Bis er eines Tages die verrückte Idee hat, meine Arme mit Erdbeermarmelade zu beschmieren.

Es ist Sonntag, wir haben keine Lust aufzustehen und frühstücken im Bett. Ich habe hellblaue Satinstulpen an. »Keine Stoffstulpen heute, Madame«, sagt er vergnügt. »Heute werden Sie Erdbeermarmeladestulpen tragen, und die werden hinterher von ihrem Lover verzehrt.« Ich ziehe meine Arme reflexartig zurück.

»Stulpen runter!« befiehlt er.

»Es ist schon zwölf Uhr, ich will aufstehen, laß das!« sage ich nervös und setze meine Füße auf den Boden.

»Hiergeblieben!« ruft er und zieht mich wieder zu sich.

Ich wehre mich. »Laß mich los«, tobe ich.

Er ignoriert meinen Widerstand und beginnt die Stulpen abzuschälen. Ich ziehe sie hastig wieder hoch. Luc hält mich mit einer Hand fest, und mit der anderen Hand zieht er gewaltsam die linke Armstulpe aus.

»Laß mich, laß mich«, bebe ich vor Wut.

Luc hört bestürzt auf.

»Was hast du denn da?« ruft er erschüttert.

Zu spät, das Unheil liegt unverhüllt vor seinen Augen. Ich bin selbst erschrocken: Mein linker Arm ist mit alten und frischen Narben übersät.

»Was hat das zu bedeuten, Minni?« schüttelt er mich wie von Sinnen. Er ist so blaß im Gesicht, daß es mir angst macht. Ich zittere. Er läßt von mir ab, atmet einige Male tief ein, zieht sich an, zündet eine Zigarette an, geht auf und ab.

Ich streife die Stulpe wieder über und rolle sie langsam hoch. Luc verläßt die Wohnung.

Spät am Abend, als er zurückkommt, wirft er sich stumm in den Sessel und blickt auf seine Schuhe. Ich kann die Schwere nicht ertragen, setze mich zu ihm und lege seinen Kopf auf meine Brust. Luc weint. Ich küsse seine feuchten Augen, reibe mein Gesicht an seins, halte ihn fest. »Hör auf, Luc«, flehe ich ihn an, »es bricht mir das Herz. Hörst du?«

Ich erzähle ihm, daß es zunächst damit anfing, daß ich mein Blut sehen wollte, weil jeder behauptete, ich hätte keins. Aber dann war es ein Gefühl der Macht, das mich immer wieder dazu antrieb. Ich konnte Blut sehen und Schmerz ertragen, während manche ohnmächtig wurden, wenn sie nur eine offene Wunde sahen. Immer, wenn ich an mir zweifelte, schnitt ich mir in die Haut und beobachtete das Blut, das langsam hervorquoll. Ich bin den anderen überlegen, dachte ich und war zufrieden mit mir. Im Laufe der Zeit wurde es zur Sucht. Meine Hand machte sich selbständig und wurde abwechselnd rechts und links aktiv. »Ich bin machtlos dann, bin ihr ausgeliefert«, sage ich.

»Wie lange geht es schon?« fragt er.

»Schon seit der Kindheit, mit den Jahren wurde es aber immer schlimmer.«

Wieso niemand mir geholfen habe, meine Eltern, Maxi, Aroma, wieso habe man mich damit allein gelassen, fragt er fassungslos.

»Niemand weiß davon. Du sollst es auch niemandem erzählen«, beschwöre ich ihn. Ob ich auch Suizidgedanken hätte, fragt er. Ich versichere ihm, daß ich noch keinen einzigen Gedanken daran verschwendet hätte.

»Du mußt damit aufhören, Minni. Verstehst du. Du mußt aufhören damit, versprichst du es mir?«

Ich verspreche es. Er schaut mich mißtrauisch an. Wir sind erschöpft, legen uns ins Bett. Luc nimmt mich in den Arm, küßt mich auf die Stirn und dreht sich zur Seite. Unsere Liebe hat eine Verwundung erlitten.

Nachdem Luc eingeschlafen ist, stehe ich leise auf und verschwinde ins Bad. »Noch ein letztes Mal«, verlangt meine Hand.

9 Mir geht es gut.
Die Enthüllung hat Luc und mich noch nähergebracht. Das Verständigungsmittel ist aber jetzt allein die Sprache – die Haut schweigt. Luc will meine vernarbte Haut nicht berühren, nicht mit Lust. Er geht empfindsam mit mir um. Geradezu ängstlich, als bräche ich jeden Augenblick zusammen. Die Leidenschaft liegt im Keller begraben. Die Liebe dagegen bleibt gegenwärtig, ich spüre sie, meine und seine. Ich lebe zusammen mit dem genialsten, klügsten und begehrenswertesten Schornsteinfeger Deutschlands. Allabendlich kommt er nach Hause, umarmt mich zärtlich, streichelt meine Haare und fragt mich nach meinem Tag. Ich brauche nur die Drehung des Schlüssels im Schloß zu hören, und schon schwebe ich im siebten Himmel. Ich habe dann etwas gekocht und den Tisch gedeckt. Wir essen zusammen, reden über unseren Tag, hören Musik, gehen essen oder spazieren oder schauen uns einen Film im Kino an. Wir genügen uns. Andere haben keinen Platz in unserer Welt. Nachts im Bett untersucht er meine Haut nach frischen Narben und legt sich dann beruhigt schlafen. Ich mache keine Dummheiten mehr.

Mir geht es gut.

Ich lebe in einem freien Land, studiere Musik und Gesang, habe keine nennenswerten Sorgen. Was kümmert mich, ob ich hier willkommen, ob ich hier fremd bin. Bin ich fremd? Ich bin hier der Liebe begegnet, wie kann ich denn hier fremd sein. Laß die sagen, was sie wollen. Frau Nagel, Lucs ältere Nachbarin, sagte einmal zu mir: »Sagenhaft, wie Sie spielen, aber die Ruhezeiten müssen Sie schon beachten. Sie können es nicht wissen, gell? Sie sind ja fremd hier. Bei uns gibt's aber Ruhezeiten, die eingehalten werden müssen.»

Was kümmert mich, ob ich für Frau Nagel eine fremde Regelbrecherin bin. Luc Marek will mich, Luc Marek braucht mich, ihm bin ich vertraut, nicht fremd. Es reicht mir voll und ganz. Es muß doch zu schaffen sein, die verhexte Hand zu verbannen. Wozu noch Narben und Blut? Meine Haut muß wieder samtig glatt werden. Für Luc Marek muß sie wieder samtig glatt werden.

10 Luc stellt mich seinem Musikerfreund vor. Sein neuester Song ist gerade auf dem dritten Platz der deutschen Charts plaziert. Ebi heißt er, ein dunkelhäutiger, schmaler Typ pakistanischer Abstammung. Es stellt sich heraus, daß seine Vorfahren auch Perser waren. Die Welt ist ein Dorf, denke ich. Er hört sich meine Fensterballade an und nickt. »Altmodisch«, kommentiert er. Er könne sich dennoch vorstellen, daß ich in die Branche einsteige. Heutzutage schreibe man meistens über Liebe und Schmerz oder daß man sich nicht fügen wolle. Die Melodien könne man ohnehin kaum auseinanderhalten, mehr oder weniger würden die alle gleich klingen. Ich könnte da eine Lücke füllen. Er will noch mehr Lieder hören. »Wir machen eine CD zusammen, ich hab ein gutes Gefühl«, sagt er danach. »Du mußt aber tough sein, keine Mimose. Vielleicht kommst du groß raus, vielleicht stürzt du tief ab. Vielleicht jubeln sie dich hoch, vielleicht buhen sie dich

nieder. Verstehst du? Du mußt es aushalten können, das eine wie das andere, sonst laß die Finger davon«, sagt er.

Luc schaut mich besorgt an.

»Keine Angst, Luc, ich weiß schon, was ich tue«, sage ich und denke sofort, nein, verdammt, ich weiß überhaupt nicht, was ich tue.

Zu Hause fragt mich Luc, ob es nicht besser wäre, wenn ich mich zuerst einer Therapie unterziehen würde. Der Druck könnte mich wieder rückfällig machen.

»Aber ich bin doch nicht zigarettensüchtig oder Alkoholikerin. Es ist was anderes. Ich habe keine Erklärung dafür, es ist wie ein Befehl, den ich einfach ausführen muß, das hat mit Druck und Streß nichts zu tun.« Dann mache ich die Roboterbewegung und sage durch die Nase: »Messerschnitte, bitte, Messerschnitte, bitte.« Luc zwingt sich zu einem Lächeln.

»Ja, genau deswegen. Vielleicht würdest du durch die Therapie deinen blutrünstigen Roboter begreifen.«

»Der ist aber doch momentan verstummt«, sage ich, und frage mich gleich, wie lange noch, Luc hat recht. Was aber, wenn ich ihn, meinen Roboter, gar nicht richtig loswerden will? Warum läßt Luc mich nicht in Ruhe, ich tue doch niemanden was, denke ich und hadere innerlich mit ihm.

In der Nacht krieche ich zu ihm, schmiege mich an ihn, fahre mit den Fingern durch sein Haar, streichle seine Haut, schnuppere daran. Wie ich den Duft vermisse. Es ist an der Zeit, daß er mich berührt, denke ich. Luc will nicht.

»Laß das Minni, bitte«, sagt er.

»Wieso hast du keine Sehnsucht nach mir?« frage ich gekränkt.

»Und ob ich Sehnsucht nach dir habe, der Schock sitzt aber noch tief, ich brauche Zeit.«

»Vielleicht brauchst du eine Therapie«, sage ich verbittert.

»Vielleicht«, sagt er und wendet sich ab.

Was glaubt er eigentlich? Daß er mir mit Liebesentzug hilft, wieder »normal« zu werden? Der Idiot, denke ich und schließe frustriert die Augen.

Ich arbeite eifrig an meinen Songs, wähle, sortiere, überarbeite sie. An nichts anderes denke ich. Mein Traum will wahr werden. Vielleicht fahre ich mit meiner CD wieder einmal nach Teheran und spiele sie für Vater. Vielleicht verläßt er seine Welt für die Dauer einer CD, und wir begegnen uns wieder. »Schau, Papa, ich hab's erreicht, guck mal, hier steht mein Name, dein Name, Salem, Minima Salem. Jetzt wird man mich in den Regalen neben Sade und Santana stellen. Stell dir vor, Papa, ich hab's geschafft«, werde ich ihm sagen. Auch Herrn Aslan, meinem Gesangslehrer, werde ich meine CD schenken: »Sehen Sie, jetzt kann man mich hier in meinem Land hören, genauso, wie Sie es gesagt haben.« Mutter wird sich für mich freuen. Einen Hauch Eifersucht wird sie dennoch empfinden. Was weiß ich. Sie hat ihre Karriere für die Liebe aufgeopfert, dafür hat sie aber meinen Vater, ihren Mann, den stadtbekannten Reza Salem, bekommen. Das ist doch mehr als meine CD, oder?

Ich bin häufig bei Ebi, er hilft mir bei der Überarbeitung der Lieder, gibt mir hier und da Tips. Ich komme mit ihm klar, obwohl er ziemlich arrogant daherkommt. Vater war der Meinung, grundlose Arroganz sei unerträglich, müsse gar bestraft werden. Wenn aber jemand etwas drauf habe, dürfe er ruhig arrogant sein. Ebi hat wirklich etwas drauf, das muß man ihm lassen. Wir haben bereits die Fensterballade im Studio aufgenommen. Ebis Arrangement ist überwältigend. Zu Beginn singt ein Chor in Begleitung eines Orchesters fünfmal hintereinander in verschiedenen Tonlagen die erste Zeile: »Hinter den Fenstern dieser Stadt«, es zieht sich dann durch die ganze Ballade. Jedesmal bekomme ich Gänsehaut bei der Probe. Ich stehe kurz vor dem Ziel. Die Leute im Tonstudio sagen mir Erfolg voraus.

Ich muß unbedingt Maxi anrufen. Er soll als erster davon erfahren.

Maxi freut sich für mich. »Well done, Schwesterchen«, sagt er. »Du siehst, man muß es nur wollen.«

»Nein, nein, Brüderchen, man muß es nur können«, sage ich.

Wir lachen. Er ist zufrieden mit seinem Leben. Sein Studium geht gut voran. »Was macht die Liebe?« frage ich.

»Tja, die Liebe, sie macht, was sie will«, sagt er, mehr will er nicht verraten. Ich erzähle ihm von meinem Schornsteinfeger, und Maxi kann nicht aufhören zu lachen.

»Jetzt ist's aber gut, was gibt's da zu lachen?«

»Ich hab gerade daran gedacht, daß ein wenig Farbe dir guttut, ein wenig Schwarz für deine vornehme Blässe«, sagt er und lacht wieder.

Ich erzähle Luc nichts davon, will ihn nicht verletzen. Er braucht nicht zu wissen, daß in meinem Land der Klassenunterschied großgeschrieben wird. Aroma sagt: »Hier auch, meine Liebe, hier auch, die Oberschicht ist noch überheblicher als bei euch.«

Von mir aus. Die können alle verrecken, die Oberschicht in meinem Vater- und meinem Mutterland und auf der ganzen Welt. Ich möchte Luc mit keinem anderen tauschen.

11

Mir geht es nicht gut.

Es geht bergab mit mir und Luc. Luc ist liebevoll, nicht liebend. In letzter Zeit kommt er häufig später. Auf einmal redet er von Kumpeln und Überstunden. Luc ist Mitglied bei Attac, erzählt von dieser und jener Veranstaltung, für die dieses und jenes gemacht werden müsse. Vielleicht ist es aber auch normal, wenn man nach einigen Monaten Zweisamkeit wieder unter Leute will. Ich weiß nicht. Meine Haut läßt er weiterhin verhungern.

Irgendwann einmal kann ich es nicht mehr länger ertragen. Die Liebe ist gegenwärtig, zweifellos. Das liebevolle Nebeneinander ist aber nicht mein Ding. Versorgt und beschützt zu werden habe ich zur Genüge im Elternhaus erfahren. Ich will die Liebe spüren. Ich will sie heiß und feucht, mit Haut und Haar, wie sie eben zu Beginn war zwischen uns.

Ich spreche Luc darauf an.

Wir liegen im Bett, er streichelt meine Wange, gibt mir einen Kuß auf die Stirn und dreht sich zur Seite.

»Schlaf gut«, sagt er.

»Nichts da«, sage ich und steige über ihn auf die andere Seite und lege mich mit dem Gesicht zu ihm.

»Wie lange soll es so weitergehen«, sage ich, »willst du mich denn nie mehr anfassen?«

»Ich weiß nicht. Ich kann es nicht.«

»Was soll denn aus uns werden?«

»Ich weiß nicht.«

»Ich kann nicht mehr, Luc.«

Er schweigt.

»Luc«, sage ich, »ich bin unglücklich.«

»Es wird schon wieder, hab ein wenig Geduld«, sagt er sanft.

Nur daß Geduld nicht meine Stärke ist. Viel zu lang habe ich Geduld aufgebracht, und jetzt ist Schluß damit.

Ich lasse ihn nicht los, packe ihn an den Haaren und setze mich auf seine Brust.

»Was soll das werden?« fragt er irritiert.

»Warte es ab«, sage ich und küsse ihn gewaltsam auf den Mund. Immer wieder. Sein Widerstand verliert zögernd an Kraft. Meine Lippen gleiten hinunter auf seinen Hals und die Brust. Das Hautverbot wird gebrochen.

12 Mir geht es gut.
Das erloschen geglaubte Feuer ist wieder entfacht. Luc kommt pünktlich nach Hause, Attac und die Kumpels stehen nicht mehr zwischen uns. Wir feiern unsere Liebe wie zu Beginn. Mir sind wieder Flügel gewachsen. Ich will mein Glück teilen, gehe mit meinem Akkordeon in die Fußgängerzone und spiele russische Tanzmusik und argentinischen Tango. Es macht Spaß, die Leute um mich versammelt und tanzen zu sehen. Ich sehe es in ihren Augen und höre es an ihrem heftigen Applaus, daß ich sie berührt habe.

Ebi hat nichts gegen meine Straßenauftritte. Es könne gut sein für meine Karriere, sagt er. Es mache mich sympathisch. Die Leute würden es mögen, das »Von der Straßenmusikerin aufsteigen zum Star« würden sie mögen.

Es sind einige Monate vergangen seit der Hautwiedervereinigung von mir und Luc. Alles geht glatt. Auch meine Haut ist glatt geworden. Ich lasse das Blut in meinen Venen fließen, nicht in die Waschbecken. Ob ich es mir einbilde? Meine Wangen schimmern ein wenig rosa. Luc hat aufgehört, meine Haut nach Narben zu untersuchen. Irgendwann hat er aufgehört damit. Die nächtliche Hautkontrolle wurde ihm lästig. Vielleicht dachte er auch, ich sei über den Berg. Ich bin über den Berg, und da unten im Tal liegt meine blutige Vergangenheit.

Aber warum wird meine Hand wieder unruhig? Sie zuckt, ich muß sie festhalten. Ein paar Wochen noch beherrsche ich sie, bis sie sich nicht mehr fügt.

Luc ist bei der Arbeit, ich habe gekocht, Auberginen mit Rindergulasch und Reis, mein persisches Lieblingsgericht. Niemand konnte es besser zubereiten als Narges, und sie hat es mir beigebracht. Nicht daß ich es annähernd so gut kann, es schmeckt dennoch nicht schlecht, Luc mag es jedenfalls. Danach wollen wir ins Kino gehen. Es läuft wieder der Remake von *Sabrina*.

Und dann beginnt die verhexte Hand, mich zu verführen. Ich kann der Verlockung nicht mehr standhalten. Bevor Luc kommt, sperre ich mich im Bad ein, steige in die Wanne und greife zur Rasierklinge. Luc werden meine neuen Narben nicht auffallen. Ich habe nicht aufgehört, im Bett raffinierte Unterwäsche zu tragen und die dazu passenden Stulpen. Wahllos ritze ich in meine Haut, überall, Bauch, Beine, Arme. Der Wandspiegel zeigt einen elenden blutigen Haufen. Das bin ich. Ich kann mich wieder sehen. Ich mustere mein Bild und atme auf. Ich hatte mich vermißt. Ich war in Luc aufgegangen. Luc machte mich sichtbar. Zeitweise. Um mich herum lauerte der Nebel, um mich verschwinden zu lassen. Er kam. Ich konnte mich nicht mehr sehen. Das Blut mußte auf meiner Haut glänzen, damit ich mich wieder sehen konnte.

13

Ich stehe wieder einmal in der Fußgängerzone und spiele *Comparsita* auf meinem Akkordeon: Tamm, Tamm, Tamm, Tamm, Ta Ta Ta Tamm, Tamm. Allmählich bildet sich ein Menschenkreis um mich. Ein junges Paar tanzt Tango. Ich höre nicht auf, wiederhole die Melodie immer wieder. Andere Paare kommen zum Tanzen heran. Die Menschenmenge wird immer größer und meine Schüssel immer voller. Ich entdecke Luc etwas abseits der Menge. Er bewegt sich im Rhythmus der Musik. Ich schaue ihn an und habe ein unbeschreibliches Gefühl. Dieser Mann da, der sich so geschmeidig im Tangorhythmus bewegt, der ist mein, er kennt jeden Zentimeter meiner Haut, er kennt ihr Geheimnis. Dieser Mann steht mir so nah, daß ich unmöglich je fallen könnte. Das Gefühl, welches auch immer, überwältigt mich und macht meine Augen feucht. Jetzt spiele ich Piazzolla. Die Leute verstummen, weil sie mein nasses Gesicht sehen, und danach ist der Applaus um so größer. Eine Frau kommt und umarmt mich, ein paar Männer klopfen mir auf die Schulter. Luc gibt sich nicht zu erkennen. Ich packe zusammen, die Menschen verstreuen sich.

»Was war los?« fragt Luc.

»Ich weiß auch nicht. Eine Vollkommenheit, die mich traurig machte. Weißt du, du stehst da oben und weißt, es gibt nichts Höheres, du hast das Höchste erreicht. Es ist ein wohliges Gefühl, es überkommt dich aber auch eine beklemmende Leere. Eine Art Was nun, weißt du?«

Luc legt seinen Arm um meine Schulter.

»Nun gehen wir erst mal essen«, sagt er.

Wir lachen. Das Geld in der Schüssel reicht für ein üppiges Essen. Mir ist zum Philosophieren zumute. Luc geht darauf ein. Ost-West-Philosophie, zwischen Steaks und Wein und Crème Caramel.

Und dann ist das Essen gegessen und der Wein getrunken, und die Nacht ist lang.

Wir sind müde und legen uns schlafen. Irgendwann wache ich auf, es ist gegen sechs Uhr morgens, Luc schläft fest. Ich richte mich auf, vergewissere mich noch einmal, daß er schläft, und schleiche mich aus dem Bett. Auf Fußspitzen gehe ich lautlos ins Bad, wie ein Dieb, der nicht ertappt werden will. Ich habe Angst, die Badezimmertür zu schließen, Luc könnte davon geweckt werden. Leise lehne ich sie an. Eine kleine Kosmetiktasche liegt unter den Handtüchern im Regal versteckt. Darin bewahre ich mein Werkzeug auf: Rasierklingen, Rasiermesser, ein Stück zerbrochenes Glas, eine kleine Muschel mit scharfen Kanten, Jod, Verbandmull und Pflaster. Ich hole das Rasiermesser heraus, steige in die Wanne und gehe ans Werk. Wie von Sinnen schneide ich an mir herum, geradezu brutal, so daß ich stöhnen muß. Ich beiße die Zähne zusammen und mache weiter. Einige Minuten vergehen. Ich hebe den Kopf und blicke in den Spiegel. Mein Herz sinkt. Da steht Luc im Türspalt. Entgeistert, bleich steht er da und sieht mich an. Ich vergesse mich, schreie zornig und steche mit dem Rasiermesser in den Duschvorhang. Wie eine Irre steche ich immer wieder hinein. Lucs Blick ist leblos, noch einen Augenblick bleibt er stehen, dann macht er die Tür zu. Ich lasse das Rasiermesser fallen, trockne Blut und Schweiß, tupfe Jod auf die Wunden und klebe Pflasterstrips drauf. Ich fürchte mich davor, ins Wohnzimmer zu gehen und Luc in die Augen zu sehen. Es waren Roboteraugen, vernichtend leblose Blicke. Ich sammle mich nach einer Weile und traue mich ins Zimmer. Luc ist dabei, seinen Koffer zu packen.

»Was machst du denn da?« frage ich bestürzt.

»Ich verlasse dich.«

»Warum denn?«

»Frag nicht, du weißt verdammt warum.«

»Und was ist mit unserer Liebe?«

»Laß die Liebe aus dem Spiel.«

»Weil sie vielleicht nie im Spiel war?«

Luc kommt zu mir und packt mich an den Schultern.

»Du hast kläglich versagt, Minni, nicht ich. Du hast mir versprochen, aufzuhören damit. Wenn deine Liebe groß genug wäre, hättest du es auch geschafft.«

»Warum kannst du mich denn nicht so lieben, wie ich bin?«

»Woher soll ich wissen, ob du demnächst dich nicht umbringst oder gar auf mich losgehst? He, kann ich es wissen? Kannst du es mir garantieren? Nein, nein Minni, das ist geradezu kriminell, was du da machst. Ich will damit nichts zu tun haben.«

»Ich fasse es nicht, glaubst du wirklich, ich wäre je fähig, dir etwas anzutun?« Ich stupse ihn und schlage ihn auf die Brust. Luc hält meine Handgelenke und preßt sie fest.

»Ich weiß nicht, was Liebe ist, ich weiß nur, daß ich für dich etwas Riesengroßes empfunden habe, das mir vorher völlig unbekannt war.«

»Ja aber dann hast du mich allein gelassen, wie ein Detektiv, wie ein Richter hast du mich ins Visier genommen. Für dich bin ich auch nur eine Regelbrecherin wie für deine Nachbarin. Für Frau Nagel breche ich die Regel der Ruhezeiten und für dich das ungeschriebene Gebot ›Du sollst dir nicht weh tun‹. Dir ist nichts Besseres eingefallen, als Sanktionen gegen mich zu erlassen, und jetzt bestrafst du mich mit der Trennung.«

»Es tut mit leid, ich kann auch nicht mehr, als was ich fühle. Du hast Wunden in unsere Liebe geschnitten, du hast sie mit Blut beschmiert.«

Luc weint, ich will ihn umarmen. Er weist mich zurück.

»Laß das. Verzeih, Minni, du mußt erst mit dir selber klarkommen. Ich bin zu schwach, um dir beizustehen. Mach dein Ding, mach deine CD. Ebi hält viel von dir. Mit uns ist es jedenfalls vorbei. Ich kann nicht mehr.«

»Geh jetzt«, wimmere ich, »und ich dachte, mit dir hätte ich die Vierzig-Tage-Stiefel-Liebe gefunden«, sage ich noch leise.

»Was?«

»Ach, vergiß es.«

»Ich ziehe erst mal zu einem Kumpel, laß dir ruhig Zeit, überleg dir in Ruhe, ob du wieder zu Aroma ziehst oder dir eine eigene Wohnung suchst.«

Er nimmt seinen Koffer und geht zur Tür.

»Luc«, rufe ich ihm ängstlich hinterher, »du willst mich wirklich verlassen?«

»Das war's, Minni, verzeih«, schluchzt er, macht eine roboterhafte Beugung, und weg ist er.

Und das des Todes

1 Ich schalte den Herd ein, stecke zwei Scheiben Toastbrot in den Toaster, nehme Butter aus dem Kühlschrank und zwei Eier und dann gleich noch eins. Ich habe Hunger, großen Hunger. Ich lege die Spiegeleier auf einen der zwei Teller vom Regal und gehe ins Wohnzimmer. Genüßlich beiße ich in die knusprige Toastscheibe, als wäre meine Liebe nicht dahin, als läge Aroma nicht tot in ihrer Badewanne, als wäre ich nicht die Täterin. Ich wundere mich, die Spiegeleier schmecken mir. Ich kann denken, was ich will. Die schmecken mir einfach. Die Eßlust scheint größer zu sein als Schmerz und Angst. Vielleicht lohnt es sich noch zu leben.

Damals, als Vater nach seiner sechsstündigen Lungenoperation depressiv wurde, sprach er kein Wort mehr. Im Krankenhaus sagten sie, daß er therapeutisch betreut werden sollte. Es komme vor, daß die Patienten nach einer schweren Operation melancholisch würden, hieß es. Mutter lehnte eine Psychotherapie ab. Vater sei nicht der Typ dafür, sagte sie.

Zu Hause schwieg Vater weiter. Mutter spielte Klavier für ihn, Maxi und ich lasen ihm vor. Hin und wieder lächelte er stumm, sonst nichts. Aber dann, als er sein erstes Spiegelei nach fünf Wochen zu sich nehmen durfte, sprach er auf einmal: »Solange das Essen schmeckt, lohnt es sich zu leben.«

Am Abend sagte Mutter, wir sollten wieder zurückkehren nach Deutschland. Es gehe nun ohne uns, Vater sei über den Berg.

Vater küßte mich zum Abschied. »Genieß dein Leben, Minni«, riet er mir mit gebrochener Stimme.

Ich drückte ihn fest: »Papa, ich will singen, das soll mein Leben sein, daran werde ich arbeiten.«

»Gut, dann mach's auch«, sagte er.

Und was mache ich? Anstatt mich aufs Singen zu konzentrieren, verliebe ich mich in einen, der mich nicht so akzeptiert, wie ich bin, der mich verläßt, weil er keine Geduld mit mir aufbringt. Wer weiß, vielleicht hätte ich mich ändern können, vielleicht hätte ich meine Hand unter Kontrolle bekommen, wenn er lange genug bei mir geblieben wäre. Aber nein, er wollte mit alldem nichts zu tun haben und hat mich einfach links liegenlassen. Und ich, ich bringe auch noch meine geliebte Aroma um, schnappe einen Kerl und gehe mit ihm in seine Wohnung, und jetzt beiße ich genüßlich in eine Toastscheibe. Na bravo, Minni, schön hast du es hingekriegt.

Ich schiebe den Teller beiseite. Plötzlich schmecken mir die Spiegeleier nicht mehr. Lohnt es sich nun, nicht mehr zu leben, Papa?

2 Lucs Wohnung ohne Luc tut weh. Ich muß schnell eine Bleibe finden, denke ich. Zu Aroma will ich nicht ziehen. Muß ich aber vielleicht, wo kriege ich so schnell eine Wohnung her? frage ich mich. Luc sagte, ich solle mir ruhig Zeit lassen. Wie viel Zeit meinte er damit.

Ich rufe Ebi an und sage unseren Termin ab. »Fürchterliche Migräne, Ebi, ich muß im Bett bleiben.«

»Bist du jetzt auch in den Club der Migränefrauen eingetreten?« spottet er.

»Was weiß ich, jedenfalls komme ich heute nicht.«

»Na denn, bis morgen, pfleg dich gesund.«

Auch morgen gehe ich nicht hin.

»Ebi, du mußt wissen, Luc hat mich verlassen. Ich habe keinen Kopf im Augenblick für die CD«, sage ich am Telefon.

»Ich verstehe. Ein paar Tage gebe ich dir noch. Denk aber daran, es wird dich ablenken, ist besser als allein zu Hause hocken.«

»Ja, ja«, sage ich.

Es folgen zapplige Tage ohne Essen, ohne Schlaf, ohne gar nichts. Ich sitze nur noch am Fenster. Draußen wird es hell und dunkel, ich rühre mich nicht vom Fleck. Er kann nicht einfach so verschwinden. Vielleicht kommt er zurück, vielleicht merkt er, daß er ohne mich nicht leben kann, denke ich, hoffe ich. Luc kommt nicht zurück. Ich rufe Aroma an, sage, daß ich sie besuchen komme. Es ist lange her, daß ich zuletzt bei ihr war.

Ich bin wortkarg.

»Was ist, Kind, du bist so ruhig heute«, fragt Aroma.

»Ach, nichts.«

»Dich bedrückt etwas. Das sehe ich doch. Ist auch alles in Ordnung mit dir und Luc?« fragt sie hartnäkkig. Ich bleibe stumm.

Sie läßt mich in Ruhe, aber nach einigen Minuten

fragt sie wieder, ob ich mit meinem Leben zufrieden bin. Ich will ihr nicht von der Trennung erzählen.

»Bist du zufrieden mit deinem Leben?« versuche ich ihrer Frage auszuweichen.

»Ich habe mein Leben gelebt«, antwortet sie.

»Und was ist das, was du jetzt tust, ist es denn kein Leben mehr?«

»Was weiß ich. Du hast doch dein ganzes Leben vor dir. Aber ich ...« Ich unterbreche sie.

»Wie, aber ich? Meinst du, du lebst nicht, nur weil du alt bist? Lebt man denn nicht, solange man atmet? Du bist noch am Leben, Aroma. Hörst du? Am Leben, nicht tot.« Ich weine. Warum redet sie so? Was mache ich, wenn es auch sie nicht mehr gibt. Sie muß für mich atmen. Verdammt.

Aroma steht auf.

»Was ist mit dir Kind, beruhige dich doch.« Sie schüttelt den Kopf. »Deine Nerven sind ja dünner als Seide. Du brauchst etwas Warmes zu essen. Ich koche uns jetzt was Schönes«, sagt sie und geht in die Küche.

Ich schaue den »Willi« an. War nicht Musik mein Leben, Gesang mein Traum? Wieso will ich nichts mehr davon wissen. Ich setze mich lustlos davor. »Der ›Willi‹ muß gestimmt werden«, sage ich laut und spiele das Lied »Sag mir, wo die Blumen sind«, singe aber »Sag mir, was das Leben ist«. Aroma lacht.

»Das Leben ist, was du daraus machst, Engelchen«, ruft sie aus der Küche.

Ich höre auf mit dem Geklimper, gehe ruhelos auf und ab.

»Wie lange brauchst du?« frage ich Aroma.

»Ne halbe Stunde vielleicht«, antwortet sie.

Ich nehme meine Tasche und verkrieche mich ins Bad.

Der Schmerz beherrscht mich, ich berausche mich daran und verharre lange dort. Irgendwann drehe ich mich spontan um. Aroma steht in der Tür und starrt mich an. Derselbe entsetzte Blick wie von Luc. Ich fröstele. Nicht daß auch sie mich verstößt. Ich vergesse mich, blitzartig stehe ich auf und packe sie an. Sie fühlt sich an wie ein kleiner Vogel, weich und warm.

»Was tust du hier, was tust du hier?« schreie ich wie von Sinnen und schüttele sie unwillkürlich. Ihr zierlicher Körper wackelt hin und her. Aroma ist stumm. Ihre Augen sind weit aufgerissen. Sie sagt nichts, schreit nicht. Ich lese in ihren Augen das »Du wirst schon wissen, was du tust« und gerate in Rage. Ungestüm rüttele ich sie an den Schultern. Ihr Kopf schlägt gegen die Wand. Genau zweimal. Erst beim zweiten Aufprall lasse ich von ihr ab. Aromas Kopf fällt leblos zur Seite.

Ich höre mich heftig atmen, halte sie in den Armen und fasse nicht, was ich sehe. »Aroma? Aroma?« wimmere ich. Ihr Blick ist Lichtjahre entfernt. Ich lehne sie an die Wand und hole schnell den kleinen Kosmetikspiegel aus meiner Tasche. Aromas Kopf ist nach vorn gefallen. Ich richte sie auf, halte den Spiegel vor ihre Nase und warte. Der Spiegel bleibt blank. Ich lasse ihn fallen.

Was habe ich getan?

Ich trage Aromas zarten Körper vor mir her, küsse ihr Gesicht ab, steige mit ihr in die Badewanne, setze mich hinein, lehne mich an und lege meine Arme um sie. Ich lasse ihren Kopf an meiner Brust ruhen und bleibe wie versteinert da, weiß nicht, wie lange. Mein Kopf ist leer, ich denke an nichts. Jakob hatte recht. Man kann an nichts denken, stundenlang kann man irgendwo sitzen und an nichts denken.

Ich weiß nicht, wie lange ich reglos dasitze. Irgendwann dann klettere ich aus der Badewanne, hole ein Kissen und lege Aromas Kopf vorsichtig darauf, knie mich daneben und schaue sie an. Sie sieht versöhnlich aus. Ich glaube, ein Lächeln auf ihrem Mund zu sehen.

»Jetzt bist du tot, Aroma. Du atmest nicht. Jetzt ist wirklich alles ist zu Ende. Für dich und für mich«, sage ich ruhig und schleiche mich hinaus.

3 Wie in Trance komme ich von Aroma zurück. Es ist schon dunkel. Mitten im Sommer habe ich Schüttelfrost. Ich nehme ein heißes Bad, schlucke vier Ambien auf einmal und gehe zu Bett.

Als ich aufwache, hat sich vor den Fenstern ein heißer Tag ausgebreitet, ein endloser Tag. Ich frühstükke ausgiebig, als wäre nichts passiert, dann setze ich mich ans Fenster und starre auf die Dächer. Mein Kopf ist leer. Lange lausche ich meinem Atem, Einatmen, ausatmen ... Nur die Luft und etwas Nahrung, sonst braucht der Mensch nichts zum Leben, denke ich. Alles andere wird sich finden. Ich bin wie betäubt. Gegen Nachmittag spüre ich allmählich eine grausige Enge in der Brust. Es wird ständig schlimmer. Ich werde rastlos, blicke immer wieder beim Vorbeigehen in den Spiegel im Flur und stelle fest, daß ich mich von Mal zu Mal weniger mag. Ich zünde eine Kerze an und halte meinen Arm darüber. Der brennende Schmerz lenkt mich nur kurz ab. Es muß noch etwas geschehen. Mir fällt das Allheilmittel ein: Haareschneiden.

Seit mehr als einem Jahr gehe ich in den türkischen Friseurladen um die Ecke. Im Grunde ziehe ich es vor, den Friseur zu wechseln. Die *Cut and Go*-Angebote lassen es zu. Sich irgendwohin setzen, Haare schneiden lassen, selber föhnen und fertig. Wie es am Ende aussieht, ist dann auch egal. Hauptsache, ich habe Haare gelassen. Der innere Drang ist befriedigt.

Bei diesem türkischen Laden bin ich aber hängengeblieben. Das kleine schüchterne Mädchen Gülnaz ist der Grund. Wie sie die Schere in der Hand hält. Jeden Augenblick könnten die Ohren ab sein oder die Spitze der Schere in die Augen gelangen. Rhythmische, gefährliche Handbewegungen sind es, die sie macht. Einige Male bekomme ich mit, wie die Kundinnen sich bei der Chefin beschweren. Nicht daß sie etwas abbekommen hätten. Es ist nur die Angst davor, daß etwas passieren könnte. Die halbe Stunde Zeit unter Gülnaz' Händen ist immer mit höllischer Angst verbunden, ob man am Ende auch heil vom Stuhl aufstehen wird. Man faßt sich an den Ohren und ist heilfroh, daß sie noch dran sind. Gülnaz ist nicht gefragt, sie beschäftigt sich meistens mit Hilfsarbeiten. Ich hätte zu gern gewußt, warum sie sich diesen Beruf ausgesucht hat. Sie ist unscheinbar, nichts Modisches hat sie an sich, kein auffälliger Haarschnitt, keine Schminke, die Nägel sind kurz geschnitten. Auf einer Seite sind ihre Gesichtszüge leicht nach oben gezogen, so daß diese Hälfte ihres Gesichts ein wenig schief aussieht. Ich mag ihr schiefes Gesicht. Während sie meine Haare schneidet und ihre gefährlichen Handbewegungen macht, starre ich sie im Spiegel oft an. Ein Fellini-Gesicht, denke ich dann. Wieso ist sie noch nicht entdeckt worden? Hat man denn die glatten Gesichter nicht satt, die Makellosen.

Ihretwegen gehe ich öfters hin. Gülnaz weiß, glaube ich, von meiner Zuneigung, was ihr lästig zu sein scheint. Sie ist mit sich zufrieden, braucht meine Gunst nicht. Ich bin mir nicht einmal sicher, ob sie mich nicht ablehnt. Gleichwohl verbindet uns etwas: Wir sind beide Halbdeutsche. Ich schaue sie bisweilen an und stelle mir alberne Fragen – ob die schiefe Hälfte ihres Gesichts türkisch oder deutsch sei – und muß mein Lachen unterdrücken. »Was grinst du?« fragt sie manchmal. Ich denke, sie sollte mir ein wenig mehr Respekt zollen, schließlich bin ich hier Stammkundin, und zwar eine, die unbedingt von ihr bedient werden will. Ich sage aber nichts. Laß sie sich ruhig an mir austoben, denke ich.

Ich spaziere in den Friseurladen und murmele ein Hallo. Gülnaz wirft mir einen kühlen Blick zu und schaut schnell wieder weg. Mittlerweile weiß man, daß ich nur von ihr bedient werden will, also kümmert sich keine andere um mich. Gülnaz tut jedesmal so, als würde sie mir einen Gefallen tun, wenn sie mich endlich beachtet. Sie faltet gerade die Handtücher, verlangsamt ihre Handbewegungen und ignoriert mich ganz und gar.

Irgendwann aber wendet sie sich mir gnädig zu.

»Was willst du?«

»Schneiden.«

»Ist noch zu früh.«

»Alles ab.«

»Was?«

»Alles ab.«

»Das ist nicht dein Ernst.«

»Doch, komplett ab.«

»Du spinnst.«

»Machst du's, oder soll ich woanders hin?«

»Setz dich hin!« befiehlt sie mir verärgert. »Ich komme gleich.«

Sie läßt sich reichlich Zeit, inszeniert das ewige Theater – unbedingt sehr wichtige Dinge erledigen zu müssen: Haarfarben sortieren, Fläschchen im Regal hin und her schieben, obwohl sie mich sofort bedienen könnte.

Endlich kommt sie, und nach einer halben Stunde sind meine Haare ab. Unterdessen versammeln sich die Chefin und einige Kundinnen um mich. »Mut muß man haben«, sagt eine, »mir würde so was nicht stehen«, sagt die andere. Ich mustere mein Gesicht im Spiegel. Meine Augen sehen übermäßig groß aus, mein Mund wirkt noch voller und röter. Außerirdisch, würde Aroma sagen.

»Na, was sagst du, gefällt es dir?« frage ich Gülnaz.

»Hauptsache, dir gefällt's«, antwortet sie achselzukkend, beinah beleidigt.

»Mir war halt danach, die wachsen wieder, keine Angst«, tröste ich sie.

Ich verlasse den Friseurladen und setze meine dunkle Brille auf. Ein merkwürdiges Gefühl, mit einer Glatze herumzulaufen. Ein paarmal berühre ich vorsichtig den Kopf, hauchdünn ist der Haaransatz noch zu spüren. Ich setze mich auf den Hocker im Da Carlo, bestelle einen Latte macchiato und beobachte mich heimlich in der Spiegelwand. Fast wie Jakobs kahlgeschorener Kopf, denke ich.

Es ist gegen halb zwölf abends. Ich stehe vor der Haustür und freue mich auf eine erfrischende Dusche. Prasseln des Wassers auf den kahlen Kopf, eine neue Erfahrung.

Ich bin im Kino gewesen. Nach Da Carlo ging ich ein wenig durch die nahe liegende Einkaufsstraße. Nur so, aus Lust und Laune, kaufte mir eine Bambusstange. Auf dem Behälter, aus dem die langen grünen Stangen herausragten, stand Glücksbambus. Daß man noch immer nach Glück schielt, wunderte ich mich über mich selbst. Danach kaufte ich mir ein Eis, drei Kugeln, alle drei Walnuß, und leckte gierig daran. Es ging mir besser. Gülnaz war die Rettung. Nach dem Eislecken entschied ich mich fürs Kino. *Acht Frauen* lief gerade im Helia. Ich kaufte eine Karte.

Der Abend hinterher war lau, noch zu früh, um in die Wohnung zurückzukehren. Ich spazierte durch die Stadt. Das Groteske im Film hatte mich beschwingt. Mir war so, als sei alles wie immer, als sei nichts geschehen, mein sorgloses Leben wollte ich wieder leben. Luc und Aroma sollten Platz machen für neue Gesichter. Vielleicht könnte ich noch ein wenig an meinen Songs arbeiten. Ebi muß ich unbedingt bei der Stange halten, dachte ich.

Ich stehe vor der Haustür, die Bambusstange noch in der Hand, und mache meine Tasche mit der anderen Hand auf. Wo ist bloß der Schlüsselbund? Ich stekke die Bambusstange zwischen die Zähne und wühle mit beiden Händen in der Tasche. Jede Innentasche durchsuchen, Tascheninhalt hysterisch auf den Boden ausschütten. Keine Spur. Ich muß ihn wohl bei Gülnaz vergessen haben, eine andere Möglichkeit gibt es nicht, denke ich. Ruhig bleiben, nachdenken: Ich habe gegen achtzehn Uhr dreißig den Friseurladen verlassen, bei Da Carlo einen Latte macchiato getrunken, bin in der nahe gelegenen Einkaufsstraße herumgeschlendert, habe mir eine Bambusstange und ein Eis gekauft, danach bin ich zum Helia gelaufen, habe eine Karte gelöst und bin reingegangen. Fünfmal also, im Friseursalon, bei Da Carlo, im Blumenladen, an der Eisdiele und an der Kinokasse habe ich die Tasche aufgemacht, das Portemonnaie herausgenommen, bezahlt und es wieder zurückgesteckt. Das Portemonnaie ist noch da. Den Schlüsselbund habe ich nicht angefaßt. Es ist unwahrscheinlich, daß er aus der Tasche herausgefallen ist. Ich hätte es doch gehört. Es ist ein großer, dicker Schlüsselbund mit einem Silberkugel-Anhänger. Wenn er herausgefallen wäre, was unwahrscheinlich ist, denn die Tasche ist tief genug, hätte ich es gehört. Ganz bestimmt. Ich muß ihn im Friseursalon vergessen haben. Manchmal lege ich meinen Schlüsselbund neben meine Tasche, wenn ich ihn gerade in der Hand halte. Eine blöde Angewohnheit. Ich muß ihn dort über dem Zeitschriftenstapel liegengelassen haben.

Ich laufe schnell in Richtung Friseursalon. Der ist nicht weit. Wenn ich Glück habe, ist vielleicht noch jemand da, eine Putzfrau, die Chefin, irgend jemand, denke ich. Ich schaue durch die Glasscheibe, niemand zu sehen. Ich klopfe reflexartig. Wer soll aber bei diesem schönen Wetter noch dasein? Natürlich macht niemand auf.

Ich kehre zurück. Wohin nun? Zu Freunden? Welchen denn? Es gibt keine. Ich habe niemanden, den ich um diese Uhrzeit anrufen und um Obdach bitten könnte, denke ich. Ich gehe alle Namen durch. Niemand dabei, der mir so nah stünde.

Ich stehe hilflos vor der geschlossenen Tür, nicht wissend wohin. Warum habe ich keinen Ersatzschlüssel bei Nachbarn hinterlegt. »Schlüssel ist Macht. Verschafft dir Zugang zu etwas Verschlossenem, was nicht jedem zugänglich ist«, sagte Maxi einmal. Jetzt stehe ich da. Mit leeren Händen. In einer lauen Sommernacht stehe ich vor meiner verschlossenen Haustür, und meine Macht ist verschwunden. Die metallene Macht hat sich auf und davon gemacht – wie Maxi. Gott weiß, wo er steckt. Seit hundert Jahren habe ich nichts mehr von ihm gehört. Was treibt er bloß? Ist er überhaupt am Leben? *»Das Leben ist vielleicht ein Strick, mit dem ein Mann sich an einem Ast erhängt ...«* Nicht doch, Maxi, du doch nicht, denke ich. Vater sagte, Tod sei ein Teil des Lebens, ich sagte, dann müsse man ein neues Wort fürs Leben erfinden, denn das Leben höre ja mit dem Tod auf. Maxi sagte: »Ja, genau, ein Wort, das keinen Unterschied macht zwischen Leben und Tod.« Die Sprachen versagen allesamt. Ich kenne keine Sprache, in der es ein Wort für Leben und Tod zusammen gibt. Wenn es darauf ankommt, versagt die Sprache stets, egal welche.

Chaos im Kopf. Ich schüttele mich. Was für wirre Gedanken, denke ich. Ein guter Test zur Feststellung der Einsamkeit. Schlüssel irgendwo liegenlassen und prüfen, ob man sich traut, jemanden anzurufen, egal, wie spät es ist, denke ich.

Ich bestehe den Test nicht.

Wohin die Nacht? Ich beschließe durchzumachen. Weiter weg, bloß nicht in Darmstadt. Ich weiß von einer Karaoke-Bar in Frankfurt, nehme ein Taxi zum Bahnhof und steige in den nächsten Zug.

4 Ein älterer Mann trällert tanzend ins Mikrophon: »*Sex bomb, sex bomb, you're my sex bomb* ...« Die Gäste lachen und klatschen mit. Ich bewege mich im Takt zur Theke und lächle den Barmann an. Ob er meine Bambusstange ins Wasser stellen könne, frage ich und bestelle einen Tequila. Maxi und ich mochten Tequila-Rituale, Salz, Zitrone und das Ablecken des Daumenrückens. »Eine sinnliche Angelegenheit«, sagte Maxi, »nicht einfach irgend etwas hinunterschlukken.«

»Na, du hast ja gleich einen Glücksbringer mitgebracht«, sagt der Barmann, während er die Bambusstange ins Wasser stellt. »Ist auch schwer heute abend, viele gute Stimmen sind dabei.«

»Wobei?«

»Na, beim Wettbewerb. Du willst doch mitmachen, oder?«

Ich begreife, daß hier gerade ein Karaoke-Wettbewerb stattfindet. Ich blicke auf die Bühne, die mit Lichterketten und grellen Neonlichtern dekoriert ist, und spüre Lust, da oben zu stehen und zu singen. »Du willst doch mitmachen, oder?« fragt er noch einmal.

»Na klar«, sage ich einfach. Was ich denn singen wolle, fragt er.

»Ich muß mich noch entscheiden«, sage ich, »Jetzt habe ich aber erst einmal Durst. Noch einen Tequila, bitte.«

Ich blicke mich um. Jemand beobachtet mich, ein gutgekleideter Mann, vielleicht fünfunddreißig, hat etwas Zerbrechliches an sich, erinnert mich an Maxi. Ich lächle ihn an, er kommt auf mich zu. Wie einfach ist das Kennenlern-Spiel, denke ich. »Klaus-und-Susi«-mäßig. Nur daß nicht geheiratet wird, und die Kinder werden nicht geboren, und wenn sie geboren werden, einer haut immer ab und läßt sie im Stich. Und der Nächste wartet schon an der nächsten Ecke, oder die Nächste, und das nächste Kennenlernen und die nächste Trennung auch. Aromas gespitzter Mund macht vor meinen Augen: »Mmmmmchch.../Mmmmmchch...«

»Noch einen Tequila, bitte.«

»Nur langsam, Mädchen«, sagt der Barmann.

»Keine Angst, ich bin volljährig.« Der gutgekleidete Mann bestellt auch einen Tequila.

»Achim«, sagt er und streckt seine Hand aus. Das Spiel beginnt, nur daß diesmal nicht ich damit begonnen habe.

Ich schweige.

»Hast du auch einen Namen?« fragt er.

Plötzlich denke ich an Onkel Yamut, der seinen Hund nur Hund rief und sage: »Frau.«

»Was meinst du?«

»Frau, ich heiße Frau, nur Frau.«

»Ist schon gut, Frauchen«, spottet er.

Ich frage den Barmann, wo ich mich melden müsse für den Wettbewerb.

»Hier, bei mir bist du richtig.«

»Und wie heißt du?«

»Hast doch gehört, Frau, einfach Frau.«

Er lacht.

»Einfach bist du nicht. Weißt du jetzt, was du singst?«

»*I could have danced all night.*«

»Ein Ur-Oldie also. Woher kennst du das?«

»Von Aromas Nat King Cole-Platte«, sage ich abwesend. »Aroma mag ihn sehr.«

»Aroma, was ist das?«

»Nee, nichts.«

Er schüttelt den Kopf.

»Kannst du das auch wirklich, der Song ist schwer.«

»Keine Bange, ich kann singen«, sage ich und leere mein Glas in einem Zug.

5 Ein junges Mädchen singt: »*Nothing compares, nothing compares to you.*« Ich schütte meinen was weiß ich wievielten Tequila hinunter.

»Jetzt bist du dran«, sagt der Barmann, »willst du es noch?« fragt er skeptisch. Ich nicke.

Er sagt mich an. »Und nun, meine Damen und Herren, die letzte Kandidatin. Sensation des Abends, ein Oldie. Die junge Frau, die unbekannt bleiben will – ein Raunen geht durch den Raum –, singt für Sie ›*I could have danced all night*‹ von dem unvergeßlichen Nat King Cole.«

Ich gewinne die Siegerschärpe und noch fünfhundert Euro Prämie dazu. Warum, weiß ich nicht. Die anderen waren auch nicht schlecht. Vielleicht, weil ich nicht nur sang, ich tanzte auch dazu. Ich flog geradezu mit der Musik. Alle Künste, die Madame Jelena mir beigebracht hatte, waren auf einmal gegenwärtig. Ich sprang und flog und griff nach etwas, was da oben über der Bühne hing und leuchtete. Es war eine weiße Badewanne. Aroma saß darin und lächelte mich an. Sie sah wie ein verwundeter Spatz aus. An ihrem Mundwinkel glänzte ein schmaler Blutstrich. Rechts und links standen Narges und Jakob in weißem Gewand. Die luden mich ein, in die weiße Wanne zu Aroma zu steigen. Ich sehnte mich nach Aromas duftendem Brustbeutel und flog: »*I could have spread my wings …*«

Ich schenke das Geld dem jungen Mädchen mit dem «*Nothing compares to you*«-Song. Sie will es nicht annehmen.

»Nimm's ruhig. Du warst gut, ich brauche das Geld nicht.«

»Bist du sicher?« fragt sie ungläubig.

Achim steht neben mir und umarmt mich.

»Du warst großartig, gratuliere, eine wahre Künstlerin«, sagt er voller Bewunderung. »Komm, ich gebe einen aus.«

Aus einem werden viele, bis ich mich nicht mehr aufrecht halten kann.

»Wo wohnst du? Soll ich dich fahren?« fragt er.

Ich starre ihn an und lehne meinen Kopf an seine Schulter.

Es kommt, wie es kommt

1 Ich gehe barfuß auf die Terrasse, habe mir ein Hemd aus Achims Schrank genommen und übergezogen. Es ist ein weitgeschnittenes weißes Hemd. Es reicht mir bis zum Knie und kühlt meine glühende Haut ein wenig ab. Weiß ist meine Schicksalsfarbe. Man hat mich in ein weißes Tuch gewickelt, als ich geboren wurde. Auch mein toter Leib wird in ein weißes Tuch gewickelt werden. Obgleich, ich weiß nicht, ob ich nach islamischen Regeln begraben werde hier in Deutschland. Wer wird sich darum kümmern, werde ich hier begraben oder wird mein Leichnam nach Teheran geflogen? Ist das von Bedeutung, wenn ich nicht mehr atme?

Ich schaue hoch zum Himmel. Aus der Ferne nähert sich ein Flugzeug. Ob es Frankfurt verläßt oder will es landen? Wie ich Flughäfen hasse, wie ich den Reisekoffer verabscheue. Wer hat ihn erfunden? Hätte er es lieber gelassen.

Ein Windhauch geht über die Terrasse. Da unten bewegt sich kein Blatt am Baum. Ein lahmer, heißer Tag schleicht sich durch den Dunst der Stadt. Ich beobachte die Autos und die Menschen, die unwirklich klein aussehen. Ob die wissen, die Menschen da unten, wie klein sie von hier aus wirken? So klein, wie sie vielleicht in Wirklichkeit sind. Ein Blick von oben nach unten weckt Bescheidenheit, denke ich, alle sollten hin und wieder von oben hinabsehen. Hat denn Luc nicht dasselbe getan, von seiner Höhe aus auf mich hinabgesehen und meine Winzigkeit begriffen? Er war entsetzt. War vielleicht seine Liebe nicht groß genug?

Oder war ich am Ende zu klein für das »Riesengroße«, das er für mich empfand. War ich zu undurchsichtig, zu vernarbt, während seine Liebe das Transparente, das Glatte bevorzugte? Es gibt doch nicht die eine einzige Art der Liebe, Milliarden gibt es. Lucs Liebesart mühte sich an meiner vernarbten Haut und stolperte. War das seine Rettung? Ob ich garantieren könne, nicht auf ihn loszugehen, fragte er, als er mich verließ. Aroma blieb keine Chance mehr, mir diese Frage zu stellen.

Ich gehe hinein, suche in der Küche nach einem scharfen Messer, zögere einen Augenblick und schneide mir dann die Pulsader auf. Warmes Blut quillt heraus. Ich gehe umher, lasse das Blut auf den Boden fließen und zeichne mit dem Fuß Figuren hinein, male mit den Fingern Strichmännchen auf die Wände und schaue zufrieden mein Werk an. Achims gestylte Wohnung sieht aus wie ein Schlachtfeld. Der Arme, was hat er mit meiner Zerstörungswut zu tun? Das Telefon klingelt, ich bleibe regungslos davor stehen, bis es aufhört zu läuten. Es lenkt mich für einen Augenblick ab. Ich habe Angst, weiß nicht, wie schmerzlich der Aufprall auf dem Asphalt sein wird. Werde ich im Fallen ohnmächtig? frage ich mich und denke an Jakobs Maulbeerbaum.

Ich schreibe noch mit dem Blut auf die einzig übriggebliebene weiße Wand:

»Gehe über die Terrasse, brauche die Tür nicht hinter mir zuzuziehen, d'accord?«

Ich trete auf die Terrasse hinaus, gehe vorbei an den weißen Korbsesseln und am Steintisch unter der blauweißgestreiften Markise, lehne mich an das glühheiße Geländer und blicke auf die Straße hinab. Der Asphalt da unten sieht wellig aus in der hitzigen Sonne. Wie ein unruhiges Meer. Ich atme tief ein. Mir ist leicht, zum Fliegen leicht.

2 Immer ist es ein Einatmen, ein Ausatmen. Bis es aufhört damit. Bis der Tod kommt.

Manchmal spielt er aber nur, der Tod, drückt einem die Kehle zu, und der Atem bleibt aus. Eine Viertelstunde, halbe Stunde, drei Stunden, einen Tag, zwei Tage, länger? Es liegt in seinem Ermessen. Dann läßt er wieder los. Das Atmen setzt ein, der Totgeglaubte steht auf. Wie ein Wunder ersteht er vom Tode auf.

Als Onkel Yamut starb, bot Vater seinen Hinterbliebenen Hilfe an. Für gewöhnlich werden die Toten in Persien gleich am nächsten Tag beerdigt. Ein Berg von Arbeiten, die rasch erledigt werden müssen. Am Tag der Bestattung weckte Vater Maxi in der Morgenfrühe und sagte:

»Komm, mein Sohn, jetzt gehen wir, einen lieben Freund für immer zu verabschieden.«

Mutter protestierte: »Laß ihn da, bitte. Maxi verkraftet es nicht. Weißt du noch, wie verstört er war nach Manas Tod? Er ist doch noch ein Kind, und Onkel Yamut war schließlich kein Verwandter. Warum willst du ihn unnötig wieder mit dem Tod konfrontieren?« Maxi habe Angst vor Toten, seine Psyche könne durcheinandergeraten, ermahnte sie Vater.

»Die beste Methode, die Angst zu besiegen, ist, ihr zu begegnen«, antwortete Vater. Außerdem, Maxi sei schon zwölf Jahre alt, ein junger Mann also, kein Kind mehr. »Nicht wahr«, sagte er in Maxis Richtung und nahm ihn dann mit, ohne weitere Diskussion.

Am Nachmittag, als sie von der Beerdigung zurückkamen, sah Maxi blaß aus. Vater sagte zu Mutter, daß sie vielleicht recht gehabt habe, daß es vielleicht doch ein Fehler gewesen sei, Maxi mitzunehmen. Er sei wie versteinert gewesen, habe kein Wort gesprochen und nichts zu sich genommen beim Leichenschmaus.

»Was ist denn los, Liebling?« fragte Mutter Maxi besorgt. Maxi konnte die Tränen nicht mehr zurückhalten. Vater eilte zu ihm, nahm ihn in den Arm. »Was quält dich denn, mein Sohn?« fragte er immer wieder.

Man habe Onkel Yamut geschlagen. Er sei doch tot, habe sich nicht wehren können. Warum habe man ihn denn geschlagen, sagte Maxi schluchzend.

»Moment mal. Wer hat Onkel Yamut geschlagen? Wann denn? Ich war doch überall dabei?«

»Hast du nicht gesehen, wie der Totenwäscher ihm mit seinem roten Tuch auf den Kopf schlug? So kräftig, daß er heftig wackelte?«

Mutter schaute Vater böse an. »Sag bitte, daß es nicht wahr ist. Du hast Maxi auch zur Leichenwäsche mitgenommen? Wie konntest du nur?«

Vater blickte schuldbewußt zu Boden. Er habe Maxi keinen Augenblick allein lassen wollen, stotterte er, dann wandte er sich an Maxi:

»Hör mal zu, mein Sohn, man hat Onkel Yamut nicht geschlagen. Es ist nur ein Ritual. Weißt du, hin und wieder kommt es vor, daß die Toten lebendig werden. Das Atmen setzt wider Erwarten neu ein. Wie in einem Wunder erstehen sie vom Tode auf. Ja, wirklich, das hat es schon gegeben. Deshalb schlägt man dem Leichnam vorm Waschen zuerst heftig auf den Kopf, um sicherzugehen, daß der Tote auch wirklich tot ist – oder in der Hoffnung, er würde dadurch zu sich kommen. Der letzte Versuch, sozusagen. Er soll manch einen zurückgebracht haben. Es gibt gruselige Geschichten darüber.« Nur aus diesem Grund habe man Onkel Yamut auf den Kopf geschlagen. Leider sei er wirklich tot gewesen, insofern habe der Schlag nichts genützt.

Maxi und ich hörten ihm mit offenem Mund zu. Auch Mutter staunte.

Wie ein Wunder ersteht Aroma vom Tode auf. Ihr Atem setzt wieder ein, und sie kommt zu sich. Wacklig steigt sie aus der Badewanne, faßt sich an den Kopf, entdeckt die kleine Wunde, ruft ihre Nachbarin zu Hilfe, erzählt ihr, daß ihr beim Putzen schwindlig geworden sei. Ihr Kopf müsse an irgend etwas angestoßen sein. Die Nachbarin versorgt sie sogleich, ruft aber auch den Notarzt an. Aroma wird zur weiteren Untersuchungen ins Krankenhaus gebracht. Dort behält man sie zwei Tage zur Beobachtung. Sie wird eingehend untersucht. Ihr fehlt nichts. Unterdessen gibt sie ihrer Nachbarin meine Handy-Nummer und bittet sie, mich anzurufen. Alles sei in Ordnung, soll sie mir ausrichten, sie wolle mich sehen, ich solle bitte unbedingt vorbeikommen.

Diese Nachricht überbringt mir Achim im Krankenhaus, in das man mich eingeliefert hat. Ich liege apathisch im Bett, habe auf die endlosen Fragen geschwiegen und alles über mich ergehen lassen. Ich werde es ja wieder tun, denke ich.

Achim besucht mich, er hat Blumen dabei, ist sanft und freundlich zu mir. Ich kann ihm nicht in die Augen sehen, schäme mich für das Chaos in seiner Wohnung, für den Ärger, den ich ihm gemacht habe, senke meinen Blick und bleibe stumm.

Es sei eine Eingebung gewesen, sagt er, diese unerklärliche Unruhe, die er auf einmal gespürt habe. »Gegen Nachmittag wurde ich extrem unruhig und fragte mich, ob es in Ordnung ist, eine fremde Frau allein in meiner Wohnung zu lassen. Du hast zwar einen vertrauenswürdigen Eindruck gemacht – ich erinnerte mich daran, daß du dem jungen Mädchen Geld schenktest, aber irgend etwas stimmte mit dir nicht. Plötzlich erschien dein nackter Arm vor meinen Augen. Als ich am Morgen die Wohnung verlassen wollte, dachte ich, ich schau noch mal ins Schlafzimmer. Du schliefst noch, die Beine unter der dünnen Decke angezogen, ein Arm gebeugt über den Kopf gelegt. Die Narben auf deinem nackten Arm stachen mir sofort ins Auge. Ich machte mir keine Gedanken, gab dir einen Kuß auf die Finger und ging. Im Büro ließ mich auf einmal dein vernarbter Arm nicht in Ruhe. Du warst ziemlich merkwürdig in der Karaoke-Bar. Ich rief bei mir an. Du nahmst nicht ab. Will sie nicht drangehen oder ist sie schon gegangen? fragte ich mich. Ich mußte mich vergewissern.«

Ich höre ihm schweigend zu.

»Du mußt am Terrassengeländer zusammengebrochen sein. Soviel Blut, wie du verloren hattest, und die Sommerhitze«, sagt er. Noch eine Stunde, und die junge Frau wäre verblutet, habe der Notarzt gesagt, erzählt er.

Er nimmt meine Hand und streichelt sie.

»Ach, bevor ich vergesse, ich soll dir etwas ausrichten«, sagt er und deutet auf meine Handtasche. »Ich leg sie gleich in den Schrank. Es tut mir leid, ich mußte hineinschauen, du weißt schon, wegen Ausweis und Krankenversicherungskarte.«

Ich erröte, ob er auch die mitgenommenen Ambien-Schlaftabletten entdeckt hat?

»Ja, und dein Handy hat mal geklingelt«, sagt er, »ich bin drangegangen, dachte, es könnte wichtig sein. Eine Frau Möhring meldete sich. Ob Fräulein Minni in der Nähe sei, fragte sie. Ich sagte, daß du im Augenblick verhindert bist – erzählte ihr sonst aber nichts. Sie bat mich, dir auszurichten, daß es deiner Uroma gutgeht, du sollst dir keine Gedanken machen. Die Uroma möchte dich sehen, du möchtest sie unbedingt besuchen kommen.«

Wie von einer Tarantel gestochen, richte ich mich auf.

»Was hast du gesagt? Wem geht's gut? Aroma?«

»Was meinst du? Deiner Uroma soll's gutgehen, so hab ich verstanden.«

Ich verlasse das Bett auf der Stelle, will sofort nach Hause, auf eigene Verantwortung. Ich muß unterschreiben. Ich sei noch zu schwach, solle psychologisch betreut werden, versucht man mich umzustimmen. Ich will nur eins: Aroma sehen.

Achim fährt mich nach Darmstadt. Ich bitte ihn, zuerst meinen Schlüsselbund vom Friseursalon abzuholen. Ich selber steige nicht aus, will niemandem begegnen. Danach setzt er mich vor Aromas Wohnung ab. Ich gebe ihm meine Handy-Nummer. »Danke für alles«, sage ich, »ich möchte für die Schäden in deiner Wohnung aufkommen. Ehrlich, es liegt mir sehr daran«, sage ich.

»Gut, du bekommst Bescheid«, sagt er lächelnd.

Im Treppenhaus fängt mich Frau Möhring ab, schaut verwundert auf meinen Kopf und erzählt, was Aroma ihr erzählt hat. »Schön, daß Sie gleich gekommen sind. Ihre Uroma wird sich freuen. Bleiben Sie ein paar Tage bei ihr?« fragt sie mich noch.

Aroma sitzt in der Küche. Als wäre nichts geschehen, als wäre sie nicht vor ein paar Tagen gestorben. Nur der Tod und ich wissen es. Ich zittere am ganzen Körper, kann mich nicht beherrschen, weine bitterlich.

»Komm her, Kind«, sagt sie, und ich stürze mich in ihre Arme.

»Was hast du mit deinen Haaren gemacht?« fragt sie und streicht mir über den kahlen Kopf. Ich schluchze. Aroma hält mich fest, geizt nicht mit Zärtlichkeiten, läßt zu, daß ich sie abküsse, drückt mich und versucht mich zu beruhigen.

»Ist ja gut, Kind, alles ist gut«, sagt sie liebevoll.

Kein Wort darüber, was vorgefallen ist, kein Wort über das Geschehen im Badezimmer. Es bleibt Aromas und mein Geheimnis.

Am Abend meldet sich Maxi. Er klingt besorgt:

»Was war los, Minni? Du hast so verzweifelt geklungen. Ich hatte Nachtschicht, als du anriefst. Und danach konnte ich weder dich noch Aroma erreichen.«

Nur eine Laune, alles sei in Ordnung, sage ich. Warum er sich überhaupt nicht melde. »Hast du uns vergessen?« frage ich ihn.

»Es tut mir leid, du hast ja recht, Minni. Ich bin so beschäftigt ...«

»Daß du keine Zeit hast, dich am Kopf zu kratzen«, unterbreche ich ihn, und wir lachen. Diesen persischen Spruch mochten wir sehr.

Ob wir die Eltern nicht wieder besuchen wollen, frage ich ihn auf einmal.

Ich ziehe wieder zu Aroma. Das Wohnzimmer ist jetzt mein Zimmer. Ich schlafe auf der Couch neben dem »Willi«. Ich helfe Aroma beim Haushalt, so gut ich kann, gehe einkaufen, begleite sie hin und wieder zur Michaeliskirche. Ich spiele Klavier für Aroma, ich singe für Aroma. Ich will, daß sie sich wohlfühlt.

Meine kleine Kosmetiktasche mit meinem »Werkzeug« bleibt unberührt. Ich schone meine Haut.

Maxi besucht uns im November, und wir fliegen zu dritt nach Teheran, Aroma, Maxi und ich.

Teheran strahlt unter der Herbstsonne. Die zwei Wochen dort sind Nostalgie pur. Das Haus, der Garten, Jakobs Grab, Narges' Grab, die Darbandstraße, Zahiredole-Friedhof, der verschneite Damawand-Gipfel. Hier sind meine Wurzeln, hierher werde ich zurückkehren. Eines Tages werde ich zurückkehren, vielleicht dann, wenn Frauen öffentlich singen dürfen, denke ich.

Den Eltern geht es gut. Jeder lebt für sich. Sie wirken zufrieden. Eine jüngere Frau kommt täglich außer freitags zum Putzen und Kochen. Sie ist wortkarg, uns gegenüber verhält sie sich schüchtern. Wir sind für sie ausländische Gäste, nicht die Kinder der Familie. Sie gefällt mir, Narges kann sie aber nicht das Wasser reichen. Mutter sagt, man müsse sich zufriedengeben. Heutzutage sei es schwierig, eine Haushaltshilfe zu finden. Man könne ihnen nicht vertrauen, alle seien nur hinter dem Geld her. »Von loyalen Bediensteten wie Narges und Jakob kann man nur noch träumen«, sagt sie.

Es wundert die Eltern, wie wir aussehen, Maxi und ich. Wer ist hier Mann, wer Frau? fragt Vater scherzend in einem seiner hellen Momente. Er spielt auf die langen Haare an, die Maxi hinten zusammenbindet, und meine, aus denen inzwischen eine kurze Pony-Frisur geworden ist. »Nicht schlecht«, sagt er zu mir, »wie Audrey Hepburns Haare in *Ein Herz und eine Krone*.« Aroma lacht: »An was er sich alles erinnert?« Aroma redet in Vaters Beisein in der dritten Person über ihn, als hätte sie ihn ganz aufgegeben. Mich schmerzt das. Vater ist zeitweilig so ›normal‹ wie immer, ist gesprächig, macht scharfe, witzige Bemerkungen. Urplötzlich sagt er aber etwas, was einen umhaut. »Kennen wir uns, gnädige Frau« zu Aroma am zweiten Tag und »Wie heißt dein Mathematik-Professor?« zu Maxi, später, nachdem Maxi ausführlich erzählt hat, daß er dabei ist, eine Fachausbildung zum plastischen Chirurgen zu absolvieren.

Mutter reagiert nicht mehr böse, wenn wir über Vater witzeln: Sie sieht ihn zärtlich an und lacht mit. Mutter hat überhaupt eine erstaunliche Entwicklung durchgemacht, sie ist viel umgänglicher geworden, hat sich neue Aufgaben gesucht. Als Vorsitzende eines Wohltätigkeitsvereins organisiert sie Veranstaltungen und gibt selbst Klavierkonzerte. Der Erlös kommt Kinderheimen und Armenhäusern zugute. Sie ist kaum zu Hause, und wenn sie da ist, telefoniert sie dauernd. Für uns nimmt sie sich eine Woche frei. Aroma sagt: »Unsere Sippe halt, läßt nie den Kopf hängen.«

Vater arbeitet eifrig an seinem Projekt. Von der Spracheliminierung hat er offenbar Abstand genommen, arbeitet nur noch an der Sprachreduktion. Ein gutes Zeichen, denke ich, vielleicht hört er irgendwann mal auch damit auf. Er ist bei dem Buchstaben (خ) kh angekommen. Als ich mich in der Bibliothek zu ihm setze, denkt er gerade über das Wort *khoschbakht* nach – glücklich. Man brauche das Wort nicht, sagt er. Man brauche keine Wörter, die trügerisch seien. »Wenn es die Wörter nicht gäbe für Empfindungen, die weder klar definierbar sind noch von Dauer, würden die Menschen vielleicht nicht nach diesen Empfindungen streben. Klägliche Wörter sind es für flüchtige Empfindungen, und die Menschheit sieht sich in die Irre geführt. Wenn etwas Diffuses einen Namen bekommt, gewinnt es an Bedeutung. Man spürt den Mangel und beklagt sich darüber. Daß man zum Beispiel nicht *kohschbakht* ist – und wird womöglich depressiv. Alles Unsinn«, sagt er und streicht heftig.

»Vater hat nicht unrecht«, sagt Maxi.

Irgendwie hat er immer recht, denke ich. Sogar jetzt in seinem Wahn.

Meine CD ist auf den Markt gekommen. Einige Radiosender spielen meine Lieder. Die CD ist kein Renner, Ebi will aber noch eine mit mir produzieren. Man brauche solche und solche Musik, sagt er.

Zwischen Achim und mir bahnt sich etwas an. Ein paar Tage nach dem Vorfall rief er an. Nicht wegen der Kosten. Wie es mir gehe, wollte er wissen. Ob wir nicht etwas zusammen unternehmen wollen, fragte er. Ich sagte Ja.

Ich beabsichtige nicht, eine zweite Frau Kiani zu werden. Ich strebe keine einseitige Liebe an, beiderseitig soll sie sein. Ich werde Luc nicht immer und ewig nachtrauern. In letzter Zeit treffe ich mich öfter mit Achim. Bevor ich mich aber auf ihn einlasse, muß ich Luc völlig aus dem Kopf vertreiben. Jeden Tag gelingt es mir ein wenig mehr.

Mir geht es gut.

Alles geht gut. Verdächtig gut. Samtweich und glatt. Wenn nur meine Hand nicht wäre, die verhexte. Sie zuckt wieder.